FARBIGER ABGLANZ

ERINNERUNGEN AN LUDWIG THOMA, MAX DAUTHENDEY UND ALBERT LANGEN

KORFIZ HOLM

Ludwig Thoma, wie ich ihn erlebte

Über Ludwig Thoma ist von Berufenen und Unberufenen so viel geschrieben worden, daß ich dies Geschriebne kaum vermehren würde, empfände ich es nicht mit Trauer, wie wenig ihm bis auf den heutigen Tag trotz allem Erfolg und Ruhm menschlich und künstlerisch sein Recht geworden ist. Das tut mir nicht um seinetwillen leid, ist er doch über den Ehrgeiz und die Ungeduld der Lebenden hinaus, sein Werk wird dauern und kann warten – leid tut mir das um unser Volk, dem er viel mehr zu geben hätte, als es bis jetzt empfangen will.

Man hat gehört und spricht es nach, daß er der größte Bayerndichter unsrer Tage und einer der echtesten und treuesten deutschen Männer aller Zeiten war. Sich aber selbst davon zu überzeugen, fällt außerhalb seiner engeren Heimat beinah niemand und auch in dieser Heimat viel zu wenigen ein.

Norddeutsche werden aus seinem ganzen Werk meist nur die «Lausbubengeschichten» und dies oder jenes seiner heitern Bühnenwerke kennen oder ihn gar auf Grund der nach seinen Komödien gedrehten Filme schwer verkennen. So muß man in ihm freilich nichts als eine Art von Spaßmacher erblicken und sieht ihn damit falsch und viel zu klein.

Nicht, daß ich dichterischen Humor geringer anschlüge als dichterischen Ernst – im Gegenteil: am Wert der Seltenheit gemessen gebührte jenem wohl der höhere Preis, wenn man schon die zwei Dinge «valutarisch» gegeneinander abwägen will. Doch auch die persönlichsten und stärksten Gaben, die wir dem Humoristen Thoma danken, seine Bauerngeschichten, sind über Bayerns Grenzen kaum hinausgedrungen. Vor allem aber übersieht man gern, daß dies nur eine Seite seines Schaffens ist.

Steht denn nicht schon am Schlusse seines frühesten Buches «Agricola», das eine Sammlung von durch ihre Wirklichkeitsnähe unbändig lustigen Schwänken aus der Welt der Dachauer «Gescheerten» ist, der einfache Bericht vom Sterben eines alten Bauern, der dem Tode mit der gleichen würdigen Sachlichkeit begegnet, die der Leitstern seines arbeitsamen Lebens war! Hat der Satiriker des «Simplicissimus», den ich gewiß nicht unterschätzen will, nicht auch die innige, dabei durchaus nicht sentimentale Tegernseer Legende «Heilige Nacht», das ländliche Trauerspiel «Magdalena» und die drei ernsten Bauernromane «Andreas Vöst», «Der Wittiber» und «Der Ruepp» geschrieben; und gibt es ihresgleichen in unserm Schrifttum gar so viel!

Zumal der «Wittiber» ist ein ganz starkes Werk, und schwer läßt sich verstehen, warum es nicht die weiteste Verbreitung unter allen Büchern Thomas gefunden hat. Ich nenne es – und weiß genau, wieviel ich damit sage – ein Prosa-Epos größten Stils, obgleich hier nicht gewaltige Taten von Helden ohne Fehl, sondern sehr alltägliche Bauernstreitereien um Erbe und Besitz die Handlung vorwärts und zum tragischen Ende treiben. Es kommt nicht auf den Stoff an, sondern darauf, was einer aus ihm macht, darauf, ob sich sein Werk, mag es auch kleine Leute und Verhältnisse ganz ohne Übersteigerung zeigen, zu allgemeiner Gültigkeit erhebt und Abgründe der Seele aufreißt, daß wir durchschauert und erhoben davor stehen und uns sagen: «Das bin ich!»

Man würde lügen, wollte man behaupten, daß Ludwig Thomas wesentlichsten Werken jeder Erfolg versagt geblieben sei, gemessen aber an ihrer Bedeutung und den Riesenauflagen von bayrischen Bauernromanen viel geringern Wuchses erscheint dieser Erfolg beschämend klein. Entschuldigt wird dies oft damit, daß Thomas Dialekt für Norddeutsche zu schwierig sei. Doch diese Ausrede ist mehr als lahm. Wer sich die Mühe nimmt, wird sich nach wenig Seiten eingelesen haben, viel leichter als der Süddeutsche etwa in Fritz Reuters Platt.

Denn allerdings läßt Thoma seine Bauern die Sprache reden, die die ihre ist, und hat sie ihnen mit vor ihm kaum dagewesener Treue abgelauscht, doch grade darum braucht er ihre Echtheit nicht erst durch eine verschmitzt «phonetische» Rechtschreibung zu beweisen, über die das Auge jedes Lesers stolpern muß. Was Thomas Bauern sagen, liest sich für den, der frisch daran geht, gar nicht schwer; und was er selber uns zu sagen hat, schreibt er ja nicht im Dialekt, sondern in dem durch seine phrasenlose Schlichtheit vielleicht schönsten Hochdeutsch, das in neueren Büchern überhaupt zu finden ist. Etwas von seiner heimatlichen Mundart hört man freilich durch, doch ist das in meinen Augen eher ein Vorzug als ein Fehler, weil er beweist, daß er so schrieb, wie es ihm seiner Stammesart nach ungezwungen aus der Feder lief. Stilkünsteleien dienen ja meistens nur dazu, es zu verbergen, daß einer bei natürlicher Ausdrucksweise das Wort nicht klingen machen kann. Sie sind, wie Ludwig Thoma selber sagen würde, «Krampf».

Und dies Lieblingswort Thomas bringt mich von seinem Werk auf seine Menschlichkeit. Es geht mir hier ja nicht so sehr darum, weitläufig darzulegen, was ich über ihn denke, als vielmehr darum, ihn so hinzustellen, wie ich ihn sah und kennen lernte.

Wenn mir das glückt, fügt sich aus kleinen Zügen vielleicht doch ein lebendiges und, was wichtiger ist, ein richtigeres Bild von ihm, als es bis jetzt in manchem Kopf sich malt. Schon daß man vielfach nur das leichtest Zugängliche aus seinem Werk gelesen hat, muß ja ein falsches Licht auf ihn als Menschen werfen, vor allem aber haben Leute, die ihn nur oberflächlich kannten (und sicherlich auch mancher, der ihm im Leben nie begegnet ist), sich seinen großen Namen dazu helfen lassen, ihre Anekdötchenware leichter an den Mann zu bringen.

Da, was die Leute lachen macht, vor allem anderen «gefragt» ist, tritt Thoma in diesen «persönlichen Erinnerungen» meist als eine Art von, um es bayrisch auszudrücken, fidelem «Urviech» auf. Wer immer wieder solche Dinge liest, muß wohl auf den Gedanken kommen, dieser Bauerndichter sei selbst eine Art Hinterwäldler gewesen, klobig, grob und primitiv; wer ihn gekannt hat, weiß, daß dies der Wahrheit ins Gesicht schlägt. Er war in Wirklichkeit ein Nervenmensch von sehr viel höherer Bildung, als er in seinen Büchern merken läßt, war zart besaitet, herzenswarm und leicht verletzlich von Gemüt.

Ich leugne nicht, daß er sich gern grobianisch gab, zum Teil aus seiner Lust am Urwüchsigen heraus, zum größeren Teil bestimmt aus Scheu davor, die eigne Weichheit zu verraten (zutage kam sie ohnehin noch oft genug), und aus gesundem Hasse gegen alles, was ihm als «Krampf» hätte gedeutet werden können.

Dies merkt man seinen frühesten Büchern deutlich an. Eduard von Keyserling, der Thoma in der Pension, die dessen älteste Schwester damals führte, schon kennen lernte, als der junge Rechtsanwalt erst mit ein paar Gedichten in der Münchner «Jugend» an die Öffentlichkeit getreten war, und der ihn daraufhin lebhaft zum Weiterschreiben angeeifert hat, sagte einmal zu mir: «Merkwürdig, dieser Ludwig Thoma! Ich las sein neues Buch ‹Hochzeit›. Er ist verdammt begabt, und seine Bauern sind unerhört porträtjetreu, obgleich er sie doch eijentlich einseitig sieht. Ich kenn doch Bauern auch. Daß Liebe und Jemüt bei ihnen überhaupt gar keine Rolle spielen sollen, ist mir aber neu.»

Die Richtigkeit dieses bedingten Lobes kann ruhig zugegeben werden, zumal da Thoma später oft genug bewiesen hat, wie wenig fremd ihm auch die andre Seite des bäuerlichen Wesens war. Daß er anfänglich gar so stark das nüchtern Praktische betonte, das diesem Stande eignet und, wie die Dinge liegen oder damals lagen, eignen muß, geschah wahrscheinlich aus der Furcht, seine doch überall durchscheinende große Liebe zu den Bauern könnte ihn verleiten, sie zu romantisieren. Abschreckende Beispiele dafür gab es ja in Volksstücken und -erzählungen aus der Zeit vor ihm genug. In den beliebtesten und gangbarsten Romanen dieses Schlages lassen die derbsten Bauernburschen vor Liebeskummer Tränenbäche rinnen wie im Leben kaum eine schwärmerische «höhere Tochter» aus der Stadt. Dem gegenüber mußte bäuerlicher Tatsachensinn Thoma nicht nur der Billigung würdig, sondern geradezu nachahmenswert erscheinen – dies allerdings bloß in der Theorie.

Ich erinnre mich genau, wie Albert Langen ihm einmal erzählte, daß ihn ein Zeichner des «Simplicissimus» um einen Vorschuß angegangen habe, weil er heiraten wolle. Dann plötzlich fügte er in seiner impulsiven Art hinzu: «Thoma, daß Sie nicht heiraten! Sie wären der geborne Ehemann. Wenns nur am Vorschuß hängt, da laß ich mit mir sprechen. Und wenn Sie keine wissen, such ich Ihnen eine, die zu Ihnen paßt.»

«Halt einmal, verstauchen S' Ihnen nix!» besänftigte ihn Thoma. «Erstens fühl ich mich sauwohl als Junggesell, und dann, gesetzt den Fall, ich krieg einmal die goldne Freiheit dick, dann kann ich *Ihnen* Vorschuß geben. Denn wenn ich schon den Unsinn mach, na tu ichs unter einer aber schon ganz pfundig Schwaaren net.»

Langen verstand die letzten Worte nicht und sah ihn fragend an.

«No, eine mit dem nötigen Diridari», grinste Thoma und machte mit zwei Fingern die Bewegung des Geldaufzählens.

«Ach, eine Millionärin?» sagte Langen komisch sachlich. «Also denken wir mal nach!»

«Pressiert net», gab Thoma zurück, «die reiche Partie vertagen wir vorerst, aber als Hypothek darauf – nen Schuß von fuchzig Emm, den reiben Sie nur ruhig ein!»

Mag sein, daß Thoma, wenn er so redete, im Augenblick selbst halb und halb der Meinung war, ein wurzelständiger rauher Kerl gleich ihm müsse so gut wie seine Bauern fähig sein, bei Heiratsplänen der rechnenden Vernunft das letzte Wort zu lassen. Wer ihn gekannt hat, darf behaupten, daß ihm dies, wie alle Rechnerei, etwas vollständig Wesensfremdes war. Die Ehe, die er später schloß, hat denn auch den Beweis dafür erbracht. Er wollte aber wenigstens so tun, als läge ihm den «Weibern» gegenüber nichts ferner als die Rolle des, wie er sagen würde, «süeßen Troubadours» – was übrigens nicht hindern konnte, daß er zuzeiten einem solchen zum Verwechseln glich.

Ich habe ihn zweimal ernsthaft verliebt gesehen, und beide Male merkte man das schon auf hundert Meter Abstand, er ahnte kaum, wie deutlich; hätte er es aber auch geahnt – diese Gefühle zu verstecken wäre über seine Kraft gegangen. Er schmachtete die Dame seines Herzens immerzu so selbst- und weltvergessen selig an wie ein von einem blondzopfigen Backfisch um den Verstand gebrachter Gymnasiast.

Richtig erwachsen, wie es die Frauen meist schon als Siebzehnjährige sind, wird ein gesundes Mannsbild bis ins Greisenalter kaum, ein Stück vom Schuljungen hält beinah jeder in sich frisch, der nicht schon als männliche alte Jungfer dem Mutterleib entsprang. Auf Ludwig Thoma aber trifft das in noch höherem Maße als auf die Allgemeinheit zu. In ihm blieb, auch als er längst ein würdiger Doktor und berühmter Dichter war, nicht nur der schwärmerische Gymnasiast am Leben, sondern auch der durchtriebne Lausbub, den wir so gut aus seinem meistgekauften Buche kennen.

Denn gibt es ein andres Wort dafür als «Lausbubenstreiche», wenn ein den Jahren nach gesetzter Herr im Telephonbuch die Nummer einer jüdischen Viehhandelsfirma nachschlägt, sie anruft, sich als den Glaslbauern von Unterhaching meldet, den Prinzipal persönlich an den Apparat verlangt und ihn unter Verwendung des ganzen bäuerlichen Schimpfwortvokabulars der Gegend um Dachau herum nach Strich und Faden zusammenstaucht, weil das der «Kaibipraxer» sicherlich verdient hat, oder wenn derselbe Herr gebrauchte Trambahnkarten dutzendweise in den Manteltaschen speichert, nur zu dem Zwecke, bei gegebner Gelegenheit den offensichtlich überflüssigen Kontrolleur durch Hingabe von abgelaufnen Karten recht lange zu sekkieren, bevor sich der gültige Ausweis glücklich in der Westentasche findet, oder wenn dieser Herr, was ihm ein ganz besondres Fest ist, einen der Feuerfrösche, die er stets bei sich trägt, an seiner ewig brennenden Zigarre glimmen macht und ihn mit abgefeimter Schläue irgendwohin zu werfen weiß, wo seine Explosion ängstliche Leute schwer erschrecken muß, indes er selbst so völlig unbeteiligt aussieht, daß kein Schutzmann je auf den Gedanken kommt, ihn für den Attentäter anzusehen!

Einmal in Tübingen war Hermann Hesse dabei, als Thoma in dieser nicht sehr weiträumigen Stadt binnen einer halben Stunde ungestraft drei oder vier von diesen Fröschen knattern ließ. Begeistert ob der Kühnheit solchen Unterfangens, wollte nun auch der Dichter des «Siddartha» sich darin versuchen, wurde aber gleich beim erstenmal geschnappt und auf die Wache abgeführt.

Und Thoma sagte mitleidig: «O mei, das kennt man gleich, wenns einer bloß als Dilettant betreibt.»

Er selbst trieb es als Fachmann emsig weiter, bis der große Krieg heraufzog und mit Detonationen von ganz andrer Art der Lust an harmlosem Geknalle Einhalt tat. So kam es denn, daß sich nach Thomas Tod in seinem Schreibtisch eine Lade vorfand, randvoll von Feuerfröschen, die ihrem Zwecke zuzuführen ihm der Ernst der Zeit verboten hatte.

Seriös veranlagte Naturen könnten hier wohl fragen, was eigentlich an diesen dummen Streichen witzig sei. Nun ja, das läßt sich einem schwer erklären, der jeden Ulk stirnrunzelnd mit der geistigen Elle mißt und – Thoma nicht bei solchem Tun gesehen hat, wie er da strahlte von verschmitztem Übermut und kindlichem Vergnügen. Man mußte ihn ganz einfach lieben.

Auch sonst war er bei guter Laune schlechthin unwiderstehlich. Wer konnte das Erfreuliche, das ihm die Stunde bot, tiefinnerlich gleich ihm genießen, mochte es nun ein Stück der heimatlichen Landschaft, ein bäuerliches Original, ein Werk schlicht bodenständiger Kunst, ein

Sechserbock, der schußgerecht auf eine Waldblöße seiner Jagd herausgezogen kam, ein guter Mokka oder eine Pfeife Latakia sein; wer konnte denn so herzlich lachen wie er, wenn ihm ein Blick durchs Fenster komische Menschlichkeiten zeigte, so etwa ein paar Pflasterer, die ihren ganzen Fleiß und Scharfsinn gewissenhaft darauf verwendeten, beschäftigt auszusehen, ohne die Arbeit in unwürdiger Art zu überhasten, oder wenn er – die Korrektur einer von ihm selbst verfaßten Humoreske oder eines seiner Schlemihlgedichte las!

Leuten, die über eine so unblasierte Freude am eignen Werk die Nase rümpfen, kann ich nicht helfen – ihnen fehlt von Hause aus der Sinn für Thomas ausgeprägten Scharm, der sich mehr oder weniger auch dem Bayernvolk im ganzen nachrühmen läßt. Das ists ja, was so viele «Zugereiste», denen dieser Scharm erst einmal hinter der rauhen Schale hervorgeleuchtet hat (man muß ihn allerdings auch sehen wollen), hier für die Dauer heimisch macht.

Ich selbst habe den Namen Ludwig Thoma zum erstenmal im Atelier von Bruno Paul gehört. Zu dem kam ich an einem Sonntagnachmittag, um zu erkunden, wie weit er mit der für die nächste Nummer des «Simplicissimus» fest zugesagten Zeichnung sei. Zu meinem Staunen sah ich, daß er statt des vereinbarten Motivs ganz etwas andres auf dem Reißbrett hatte: da war im Hintergrunde eine wilde ländliche Rauferei am Werk, ganz vorn im Bilde aber schwang ein Bauer in Dachauer Tracht den Maßkrug mit der Rechten hoch, bereit, ihn ins Gewühl der Kämpfer abzufeuern.

Ich, der dergleichen Überraschungen nur zu gewohnt war, rief ärgerlich: «Find ich ja lieblich! Kruziteufel, da zerbricht man sich den Kopf und macht was aus, und dann schruppt jeder runter, was ihn grade freut! Das wird so ein Vergnügen, dazu einen Text zu finden!»

«Ist ja gar nicht für euer Käsblatt», knurrte Paul, gereizt durch meinen Ton. «Die Simpelzeichnung kriegt ihr, reg dich bloß nicht auf!»

«Noch gar nicht angefangen, das ist echt!» entrüstete ich mich, «und übermorgen früh sollen die fertigen Klischees dringend expreß nach Leipzig gehn!»

«Bis morgen mittag zwölf Uhr liefre ich ab», erklärte Paul, gemächlich an seinem Dachauer Gescheerten weiterpinselnd, «die Chemigraphen können auch mal Überstunden machen.»

«Auch mal! Weil sie's ja sonst fast niemals tun!» Ich schickte einen Klageblick zur Decke und zeigte dann verächtlich auf das Reißbrett hin: «Und was ist das da für ein Mist, mit dem du es anscheinend eiliger hast?»

«Das möchtest du wohl wissen, ja! Illustrationen für ein Buch ‹Agricola› von einem jungen Münchner Rechtsanwalt, der besser schreiben kann wie du – Bauerngeschichten, die zuerst im ‹Sammler› der ‹Augsburger Abendzeitung› erschienen sind. Du, dieser Ludwig Thoma, lieber Freund ...! Schau dir das einmal an!»

«Na ja, wie wird denn auch ein Rechtsanwalt kein großer Dichter sein!» spöttelte ich und begann nur widerwillig mit dem Lesen.

Doch kaum daß ich die ersten Zeilen überflogen hatte, merkte ich auf, ich mußte immer wieder lachen, und als ich mit der Geschichte fertig war, rief ich: «Du, das ist wirklich was! Den spannen wir uns für den Simpel ein! Ja, und wie wärs mit seinem Buch für den Verlag?»

«Nein, das ist schon in festen Händen und kommt bei einer Buchhandlung in Passau, die einem Freund von ihm gehört. Klar, daß wir ihn aber für den Simpel haben müssen. Und er schreibt gern hinein. Er schwärmt für ihn. Und auch als Mensch ist er ein furchtbar netter Kerl. Ich bring ihn euch mal mittags ins Café», versprach mir Paul.

Und kurze Zeit darauf kam denn auch Thoma zum erstenmal an unsern Tisch in dem Hofgartencafé, wo sich der Stab des «Simplicissimus», damals noch lauter Junggesellen, nach dem Essen traf. Er wirkte anfangs etwas linkisch und verlegen, doch das verlor sich schnell, als er sich erst bei uns zurechtgefunden hatte; und uns gefiel er gut. Bei aller ehrlichen Bescheidenheit und allem Respekt vor den Berühmtheiten, die unsre Zeichner immerhin im dritten Jahr des «Simplicissimus» schon waren, wußte er seine Meinung zu den Dingen, über die wir sprachen, klug und sehr bestimmt zu äußern. Wich sie auch manchmal von der unsern ab, so hatte sie doch immer Hand und Fuß, war ehrlich deutsch und überlegenswert. Sein fröhlicher Humor und seine gar nicht süße, aber echte Liebenswürdigkeit taten ihr Teil dazu, ihn unserm ganzen Kreise angenehm zu machen.

So kam es denn, daß er bald täglich mit uns Kaffee trank und fast allabendlich mit uns zusammensteckte. Wir empfahlen ihn auch Albert Langen, und der lud ihn eines Tages zu sich auf die Redaktion.

Thoma hat selbst sehr hübsch erzählt, daß sie, die sich nachher so eng befreunden sollten, das erstemal nur mäßiges Gefallen aneinander fanden. Trotzdem fing Thoma für den «Simplicissimus» zu schreiben an, und Langen begrüßte seine Mitarbeit. Das konnte auch kaum anders sein – er hatte ein gutes Auge für Talente, die etwas erwarten ließen.

Richtig ans Herz wuchs Thoma uns Simpel-Leuten aber erst bei einem Festmahl (Hauptgang: Rehragout und Knödel), zu dem er uns in seine Wohnung lud, um das Erscheinen des «Agricola» zu feiern. Es ist für jeden jungen Schriftsteller ein großer Augenblick, der so nie wiederkommt, wenn er sein erstes Buch fertig gedruckt und schön gebunden in der Hand hält. Thoma aber strahlte wieder einmal so, daß alle mit ihm strahlen mußten. Ihm schien das schwerste Stück von seinem Lebenswerk geschafft und hing der Himmel voller Geigen. Was sonst noch fehlte und nicht ganz in Ordnung war, ließe sich ohne weitres mit der linken Hand erledigen – glaubte er wohl.

Sprühend von Lustigkeit machte er in ein klein wenig altväterischer Art, die aber stilvoll wirkte, den Wirt und steckte den ganzen Kreis mit seiner guten Laune an. Die Stimmung stieg sehr schnell, und als der Morgen graute, hatte er mit fast uns allen Brüderschaft gemacht und jedem einen Band «Agricola» mit eigenhändiger Widmung verehrt.

Von dieser Nacht an war ich nicht nur, wie der Münchner sagt, «per Du» mit ihm, sondern ehrlich sein Freund. Ob er sich mir gleich damals so verbunden fühlte wie ich ihm, bezweifle ich. Er hatte mich gewiß ganz gern, doch mag ihm mancherlei an mir noch fremd und damit wohl befremdend vorgekommen sein.

Ich selber fühlte mich kraft meiner Liebe auf den ersten Blick für diese Stadt und nach dem Dienstjahr bei den «Leibern» hier in München völlig akklimatisiert, er aber wird mich schwerlich so empfunden haben. Dafür gibt es einen erheiternden Beleg.

Als ich (der Ton der Simpel-Leute war zuweilen etwas rauh) zum erstenmal vor seinen Ohren im Hinblick auf jemand, der mich irgendwie geärgert hatte, die Redewendung brauchte, die hierzulande mit einem gewissen Heimatstolz «bayrischer Gruß» genannt wird, obgleich sie auch in andern Breiten gang und gäbe ist, rief Thoma lebhaft: «Das hast du von mir!» und nickte mir anerkennend zu, wie wenn er sagen wollte: «No, scheint immerhin, daß sich der Russ', der baltische, bei uns heroben mit der Zeit noch kultiviert.»

Wenige Wochen nach dem Erscheinen von Thomas «Agricola» begann die Verfolgung des «Simplicissimus» wegen Majestätsbeleidigung, deren sich das Blatt nach Meinung des Leipziger Staatsanwalts durch ein paar Beiträge in seiner Palästinanummer schuldig gemacht hatte. Das Wissenswerte, das damit zusammenhängt, habe ich bei andrer Gelegenheit genau berichtet und wiederhole mich hier nicht. Nur soviel will ich sagen: Langen mußte Deutschland bis auf weiteres verlassen und erwählte mich zu seinem Stellvertreter in der Leitung des «Simplicissimus» und seines Verlages überhaupt.

Zugleich verloren wir die Mitarbeit Frank Wedekinds, von dem seit Jahren schon in jeder Nummer ein sogenanntes «politisches» Gedicht erschienen war. Die Leser hatten sich daran gewöhnt und wären sicherlich verstimmt gewesen, wenn man da nicht Ersatz geschaffen hätte.

Auch hier versuchte ich mich zeitweilig als Lückenbüßer, fand aber selbst, daß ich nicht ganz der Richtige dafür sei – mir war das saure Pflichtarbeit, und dabei kommt nichts Überzeugendes heraus.

Es mochte Thoma ebenfalls so scheinen, und deshalb sprang er ein. Und schon beim ersten Beitrag dieser Art, den er mir brachte, erkannte ich, der vorher niemals einen Vers von ihm gelesen hatte, daß er der Mann war, den wir brauchten. Seine politischen Gedichte übertrafen nicht nur die meinen weit, sondern auch die von Wedekind, weil sie urwüchsiger waren und einem sehr viel größeren Kreis etwas zu sagen hatten.

Er zeichnete diese köstlich schlagkräftigen, durchaus nicht immer nur politischen Satiren, die hinfort beinah in jeder Nummer kamen, mit dem Pseudonym «Peter Schlemihl». Und dieses wurde nun im Handumdrehn so populär, wie es sein wahrer Name Ludwig Thoma, den er über seine jetzt in unserm Blatt sehr oft vertretenen lustigen Geschichten setzte, schon seit einer Weile war.

Er hatte sich damit zum wichtigsten und unentbehrlichsten schriftstellerischen Mitarbeiter des «Simplicissimus» gemacht, zumal da er auch von Ideen für Zeichnungen der Künstler sprühte.

Im Hauptberuf war er noch immer Rechtsanwalt, doch ohne daß er dabei Seide spann. Er hatte seine Praxis ja in Dachau angefangen, und seine bäuerliche Kundschaft aus der Umgebung dieses Marktes war ihm in München treu geblieben. An Streit- und Strafsachen jedoch, die sich um Grenzsteinverrückungen, Körperverletzungen, Ehrenbeleidigungen und dergleichen drehen, wird ein Rechtsanwalt nicht reich. Fette Zivilprozesse aber, bei denen Riesensummen auf dem

Spiele stehen, bekam der Doktor Thoma nicht und – wäre wohl auch kaum der richtige Fachmann dafür gewesen, wenn man bedenkt, wie er es mit den eignen Finanzen trieb.

Ich darf, ohne in den Verdacht der Klatschsucht zu geraten, davon sprechen, weil ich mich hierin auch nicht frei von Sünde weiß, und weil Thoma in einem Schlemihlgedichte jener Zeit dies Thema selbst freimütig so behandelt hat:

> «Was bin ich für ein großer Lump!
> Ich leb' das ganze Jahr auf Pump,
> Ich stecke tief in Schulden.
> O Himmel, Herrschaft, Sapperlott!
> Ich treibe mit dem Höchsten Spott.
> Wie lange wird man's dulden?»

Ich führe diese Verse wörtlich an, weil sie mir für des Dichters Wesensart, die zwei Naturen in sich schloß, besonders kennzeichnend erscheinen. Steht denn hier zwischen den Zeilen, in denen eine große Wurstigkeit kühlpfeifend paradiert, nicht auch ein leiser Schauder ob der eigenen «Verruchtheit!» Und das ist Thoma, wie er leibt und lebt.

Zur Sache aber! Kurz und bündig: Thomas Geldverhältnisse waren um die Jahrhundertwende im wesentlichen Geldverlegenheiten. Und da trat nun ein andrer Rechtsanwalt an ihn heran, dem es in dieser Hinsicht besser, in bezug auf Kundschaft hingegen augenscheinlich schlechter noch als Thoma ging, und schlug ihm vor, ihm seine Praxis abzukaufen. Natürlich war dies Angebot verlockend: ein Stück Geld «bar auf die Hand», zwar kein Vermögen, aber «Sach genug», die schlimmsten Manichäer los zu werden. Die Rechtsanwaltskanzlei? O nein, um die wars Thoma ganz gewiß nicht leid. Er hätte den Beruf ja lange schon mit Kußhand an den Nagel hängen mögen. Bürodienst in der Stadt – das hing ihm schon «beim Hals heraus». Doch andrerseits: «ein bissel trug es alleweil noch ein». Daß der «Agricola» ihn nicht, wie er gehofft, auf einmal hatte aller Not entheben können, wußte er jetzt. Fragte sich also sehr, ob er schon in der Lage sei, sich nur mit Schreiben halbwegs auskömmlich durch die Welt zu bringen.

In diesen Zweifeln wendete er sich an seinen damals intimsten «Spezi» Bruno Paul. Da dieser neben seinem zeichnerischen Talent auch kaufmännischen Sinn besaß, wußte er Thoma gleich den besten Rat. Sich auf die Dichterei allein verlassen, nein, das gehe nicht, er brauche nebenher noch eine regelmäßige feste Einnahme, und der gegebne Weg dazu sei: Eintritt in die Redaktion des «Simplicissimus».

Es ehrt in meinen Augen Thoma, daß ihn erst ein andrer auf den doch naheliegenden Gedanken bringen mußte, die Stellung, die er sich durch seine eigne Leistung für unser Blatt geschaffen hatte, amtlich, wenn ich so sagen darf, zu unterbauen und sich so den Lebensunterhalt zu sichern.

Ich muß gestehen, daß ich Thomas Wunsch, der hierauf abzielte, zwar durchaus begriff und ihn nicht unberechtigt fand, im Anfang aber gegen diesen Plan doch einige Bedenken hatte – vor allem, weil die Tätigkeit eines Schriftleiters zum guten Teil doch ebenfalls nichts andres bedeutet als «Bürodienst in der Stadt», und weil so etwas Thoma sicherlich nicht lag.

Auch trennt man sich nicht gern von einer Arbeit, die einem durch vier kampf- und krisenreiche Jahre lieb geworden ist. Doch bald bekam mein besseres und klügeres Ich die Oberhand, und ich sah ein, daß ich in dieser nun abgelaufnen Zeit dem «Simplicissimus» soviel gegeben hatte, wie in meinen Gaben lag, und daß ich ihm in Zukunft nicht viel Neues geben könnte, daß aber Thomas größere und stärkere Anregergaben dem Blatte schon bisher viel von dem ihm bitter nötigen frischen Blute zugeführt hatten, und daß aus seiner festeren Verknüpfung mit dem «Simplicissimus» auch künftighin das Beste zu erwarten sei.

Daneben schien es mir nicht mehr so wesentlich, ob er sich auch der mühseligen Tagesfron eines Schriftleiters emsig und geduldig widmen würde, zumal da er an meinem bisherigen Redaktionskollegen Reinhold Geheeb den für dies Amt begabtesten, gewissenhaftesten und selbstlos aufopferndsten Mitarbeiter bekam, der sich nur denken ließ.

Ich räumte also ohne Groll und Wehmut, die mir überhaupt nicht liegt, Thoma den Platz und zog mich auf das «Altenteil» des Buchverlags zurück. So nannte ichs mit achtundzwanzig Jahren, obgleich ich ja schon damals wissen konnte, was mir vier weitere Jahrzehnte in dem Beruf vollinhaltlich bestätigt haben, daß nämlich die Geburtshilfe bei Büchern kein stetes Honigschlecken, geschweige denn ein Ruheposten ist. Doch reine Freuden gleichen Gottseidank all diese Last und manchen Ärger aus, ja überwiegen sie: Freude an Werken, die den Einsatz lohnen, Freude an schöpferischen Menschen, deren Menschentum dem Künstlerrang die Waage hält.

Und ich darf sagen, daß mir Ludwig Thoma einer der besten Freudenbringer meines Verlegerdaseins war. Ich legte meine Liebe in die Arbeit für sein Werk, er spürte das und schenkte mir Vertrauen; und da er, wenn auch in manchem sehr genau und eigen, doch immer sachlich blieb und nichts Unmögliches verlangte, war der Verkehr mit ihm als Autor leicht und angenehm.

So webte sich – ich glaube, daß auch er es so empfunden hat – aus gegenseitiger Zuneigung zwischen uns ein immer festeres Band, obgleich wir uns das nie ausdrücklich versicherten und uns mit den Jahren immer seltner sahen – eigentlich fast nur, wenn es geschäftliche Dinge zu besprechen galt.

Denn daß die regelmäßige Büroarbeit Thoma nicht lag, damit behielt ich recht. Das zeigte sich schon bald und wurde völlig offenbar, als der Erfolg seiner Komödie «Moral» ihn nicht nur mit einem Schlag von allen Schulden endgültig erlöste, sondern es ihm auch ermöglichte, sich das von seinem Freund Ignatius Taschner entworfne schöne Landhaus in Rottach am Tegernsee zu bauen.

Seitdem erschien er nur noch einmal wöchentlich an dem Beratungsabend für die nächste Nummer auf der Redaktion und drückte sich bei schönem Sommerwetter gern auch darum, wenn es irgend ging.

Nun, und Geheeb beklagte sich deswegen nicht, ja, er ermunterte ihn noch, ganz ohne Sorge wegzubleiben, weil er wußte, daß er dadurch nicht nur dem Freunde einen Dienst erwies, sondern auch dem «Simplicissimus» und unserem Buchverlag – im weitern Sinn der deutschen Dichtung überhaupt. Denn wenn Thoma fern von der Stadt, sei es im eignen Garten, sei es auf der Jagd, seiner «königlich bayrischen Ruhe» pflog, dann strömten ihm die Einfälle nur so, und seine Lust am Schaffen blühte auf. Je weniger er von dem Blatte sah und hörte, desto frischer wirkten seine Geschichten und Gedichte für den «Simplicissimus».

Daß er kein eigentlicher Faulpelz war, beweist sein Werk von über viertausend engbedruckten Seiten, das in knapp fünfundzwanzig schriftstellerischen Arbeitsjahren entstanden ist. Er produzierte allerdings, wenn er in Stimmung war, unerhört mühelos. Ich kenne umfangreiche Erstschriften von ihm, in denen kaum ein Wort verbessert ist. Sein Sitzfleisch also brauchte er beim Schreiben nicht übermäßig anzustrengen. Genie ist Fleiß, gewiß; aber vielleicht läßt sich, anders herum gesehen, in Abwandlung eines Nietzsche-Wortes auch behaupten, daß die – erbummelten Gedanken fruchtbarer als ersessene sind.

Da Thoma sich nicht gern durch Zank und Streit die Laune trüben ließ, vermutete im Alltagsleben keiner hinter ihm die Kampfnatur, er wirkte manchmal sogar überraschend nachgiebig und konziliant. War es ihm aber um eine Sache heiliger Ernst und ging es ihm um seine Überzeugung, dann pfiff er auf den «lieben Frieden», und nichts zu lachen hatte, wer ihm vor die Klinge kam.

Leute, die sich scharfsichtig dünkten, ohne daß ihr Blick je durch die Oberfläche drang, haben ihm mit tadelnd hochgehobnem Finger angekreidet, daß er seine Überzeugung mindestens zweimal im Lauf der Jahre grundlegend geändert hätte. Wer das behaupten kann, hat seines Wesens auch nicht einen Hauch verspürt.

Vom ersten Tag, da er in die politische Arena sprang, bis zu dem Tag, an dem er starb, hat ihn nur eins geleitet: Liebe zu seinem Vaterland, zum ganzen Deutschland, denn trotz festester Verwurzelung im Boden seiner engern Heimat war er nie ein Partikularist.

Mag einer auch im Eifer des Gefechts gelegentlich danebenhauen – wenn er nur immer weiß, wofür er kämpft, dann kämpft er recht. Geirrt hat Thoma sicherlich in Einzelheiten oft, doch in die Irre gegangen ist er nie; und gar, seit Anno vierzehn die halbe Welt in unsern Frieden brach, ist er auch nicht um Haaresbreite mehr von seinem schnurgeraden Weg gewichen – treu seinem Volk, treu auch sich selbst und ohne Menschenfurcht.

Treue war seine größte Tugend überhaupt, Treue durch dick und dünn und eine nie wankende Verläßlichkeit. Das wissen seine Freunde, und er hatte deren eine große Zahl, darunter Männer, um deren Zuneigung ich ihn beneiden könnte, und andre, bei denen ich seine Gefühle für sie nicht recht begriff. An jeden, der einen so großen Namen hat und soviel Geld verdient wie er in diesen Jahren, drängt sich viel Menschenvolk heran, das selbst in seinem Glanz ein wenig leuchten oder sonst was von ihm will.

Thomas Gutmütigkeit wies keinen, der da kam, so leicht zurück; und war mit ihm nichts andres aufzustellen, so konnte man sich wenigstens über ihn lustig machen, oder er spielte gut Tarock. Ich möchte fast – mit leiser Übertreibung, hinter der aber ein Körnchen Wahrheit steckt – behaupten, daß Thoma einen liebgewinnen konnte, weil der in Not war und ihm dadurch willkommnen Anlaß gab, sein gutes Herz zu zeigen.

Wie vielen hat er, nun er aus dem Vollen schöpfen durfte, freudig und großzügig geholfen – auch manchem Pumpgenie, bei dem er bald erkennen mußte, daß es schlecht angewandtes Geld gewesen war. Doch nahm er das nicht tragisch, noch ließ ers andere entgelten, die später bittend zu ihm kamen – so wenig wie es ihn an seinen geliebten Bauern irre werden ließ, wenn sie zum Beispiel ihn als Jagdherrn wegen angeblichen Wildschadens mit List und Schläue ungebührlich «hochzunehmen» suchten. Wurde ihm das schließlich doch zu dumm, so zeigte er wohl einmal einem dieser Spekulanten lächelnd, wo der Zimmermann das Loch gelassen hatte, ärgerte sich aber keinen Augenblick darüber, sondern nahm es von der heitern Seite.

Denn er war keiner von den Leuten, deren sittliche Entrüstung am schmerzlichsten aufstöhnt, wenn sie am Geldbeutel verwundet werden. Entrüsten konnte sich auch er, da mußte aber schon ein edlerer Teil getroffen sein: Als nach dem deutschen Zusammenbruch ein paar von seinen alten Freunden sich vor Eifer, den neuen Machthabern ihre Reverenz zu machen, förmlich überschlugen, hat er ihnen mit schweigender Verachtung für immer den Rücken zugekehrt.

Die letzten Friedensjahre brachten Thoma neben vielem, was ihn freute, manches Leid. Besonders nah gegangen ist ihm neben Rudolf Wilkes frühem Heimgang seines besten Freundes Ignatius Taschner Tod. Im ganzen aber war es für ihn eine gute Zeit, hinter die dann der große Krieg den Schlußpunkt setzte.

Thoma, der nie Soldat gewesen war, hat sich aus allen Kräften heiß bemüht, als Kämpfer an die Front zu kommen; da das nicht glückte, zog er als Krankenträger mit ins Feld und war sehr unglücklich, als ihn nicht lange nach der Schlacht bei Gorlice die Ruhr befiel und er deshalb nach Hause mußte. Schon damals mag die Krankheit, die ihn dann als Vierundfünfzigjährigen von uns nahm, noch unerkannt in ihm ihr anfangs schleichendes Zerstörungswerk begonnen haben.

Wenn er so auch den größten Teil der Kriegszeit gegen seinen Willen tatenlos in der Heimat sitzen mußte – stärker als er hat sicherlich auch keiner, der die vier Jahre ohne größere Unterbrechung draußen war, das große Ringen miterlebt, länger als er wohl überhaupt kein Deutscher an den deutschen Sieg geglaubt.

Da schließlich doch die Sorge um das Kriegsende so heimlich wie das körperliche Leiden in ihm zu nagen anfing, floh er vor ihr in die Vergangenheit und schrieb seine «Erinnerungen», die auch noch lange nicht genug gelesen werden. Wer es nicht tut, beraubt sich selbst; denn sie sind eins der schönsten, männlichsten und bei allem keuschen Takt, der hier auf jeder Seite waltet, ehrlichsten Lebensbücher, die es gibt, und – eins der bescheidensten. Hier findet man nicht jenen Mischmasch aus, sei mir die Wortbildung verziehen, Ressentimentalität und Wichtigtuerei, die sich in Autobiographien leider nur zu oft und gern amalgamieren, hier will uns der Verfasser nicht beweisen, welch ein bedeutender und interessanter Herr er sei; und eben weil er mehr von andern redet als von seinem lieben Ich, ersteht uns sein Gesicht in atmender Lebendigkeit, indessen doch sein Buch nichts sein will als ein Dank an gute Menschen und an dieses Erdenleben, über dessen Sinn zu grübeln sich nicht lohnt – es ist sich selber Sinn genug.

Thoma hatte sich gegen das Gespenst nahenden Unheils, wenn es auch ihn erschrecken wollte, gewaltsam blind gemacht. So traf ihn der Zusammenbruch unvorbereitet und traf ihn bis ins Mark. Dumpfe Verzweiflung überfiel ihn und ohnmächtiger Zorn, er begriff sein Volk nicht mehr, er schämte sich brennend der Würdelosigkeit, mit der sich Deutsche – er mochte sie kaum Deutsche nennen – den Demütigungen und bösartigen Diktaten der Sieger unterwarfen, ja, sich nicht scheuten, das verlogne Geschwätz der andern von deutscher Schlechtigkeit und Minderwertigkeit durch Selbstbezichtigungen noch zu übertrumpfen. Alles, was er geliebt, verehrt, heilig gehalten hatte, war in den Staub getreten und beschmutzt, sein Glaube kam ins Wanken, und er litt mehr, als leidenschaftslosere Naturen überhaupt begreifen können. Es zerbrach etwas in ihm.

Arbeit, und zumal schöpferische Arbeit, ist immer der beste Trost. Thoma hat in den knapp drei Jahren, die ihm noch dafür beschieden waren, wohl mehr geschrieben als jemals vorher im gleichen Zeitraum. Und neben leichterer Ware, die ihm als Ablenkung vom trüben Heute dienen sollte, stehen zwei so gewichtige und starke Leistungen wie «Der Ruepp» und die einleitenden Kapitel zu dem selbstbiographisch gedachten großen Ich-Roman «Kaspar Lorinser». Wer sie gelesen hat, weiß, was uns damit entging, daß es dem Dichter nicht gegönnt war, dies Werk, in dem er uns seinen «Grünen Heinrich» geben wollte, zu vollenden.

Solch reiches Schaffen muß Thoma viele Stunden innrer Befriedigung geschenkt haben; der heimatlichen Landschaft, deren Anblick ihn von je beglückte, hatte die Not der Gegenwart nichts angetan, unversehrt und heiter war sie um ihn; zuzeiten fiel noch Sonne über seinen Weg – ein andrer als Thoma hätte langsam Frieden finden können, er fand ihn nicht. Das tägliche Geschehen riß täglich neu die Wunden seines Herzens auf.

Wohl stand sein Glaube fest, daß Deutschland einmal wieder dastehen würde hoch in Ehren und in alter Kraft. Er konnte aber damals noch nicht wissen, wie bald die Uhr ausheben würde zu dem Stundenschlag der großen Schicksalswende. Daß er und das mit ihm lebende Geschlecht noch eine Besserung erleben konnten, schien ihm unmöglich, da er alles nur immer schlechter werden sah.

Auch mag die Krankheit, die ihm von Monat zu Monat größeres Unbehagen schuf, ohne daß er sie doch für etwas Ernstes hielt, das Ihre dazu beigetragen haben, ihm die Kraft für einen neuen Aufschwung zu versagen. So kreisten seine quälenden Gedanken ewig um das eine: wie dieser Niederbruch nur habe möglich werden können, in welchen Fehlern und Versäumnissen die Schuld daran zu suchen sei.

Er hat, wie Josef Hofmiller erzählt, in bitterer Selbstverspottung von diesen Grübeleien selber gesagt: «Der ganze Nach-Tarock hat keinen Sinn. Es nützt ja alles nichts.» Aber er konnte es nicht lassen, und so verdämmerte sein Leben in düstrer Hoffnungslosigkeit.

Vielleicht ist das die Art, wie uns der Tod für sich bereitet und reif werden läßt. O ja, ich weiß: das tückische Leiden, das ihn im August des Jahres einundzwanzig von uns nahm, kommt nicht davon. Trotzdem ist kein leeres Wortgetön, wenn ich behaupte: Ein Teil von ihm ist im November achtzehn schon gestorben und, mag mans auch bestreiten, daß einer an der Liebe sterben kann, gestorben an der Liebe zu seinem Volk und Vaterland.

Uns aber lebt er noch in seinem Werk und als Persönlichkeit, wie er zu seinen besten Zeiten war; so steht er vor uns: jeder Zoll ein deutscher Mann von heißem Herzen, kindlich reiner Seele und, bei aller Schlichtheit der Gebärde, vornehmster Gesinnung. Treten wir an das Grab, darin sein Sterbliches in der Heimaterde ruht, die ihn nach seinem eignen Wort nicht drücken kann, dann dürfen wir ihm mit Fug den Gruß entbieten:

»Vale anima candida!«

Max Dauthendeys Schicksalshaus

Man hat Max Dauthendey, der einer der deutschesten Deutschen war, die man sich denken kann, oft für den Sprößling einer in Deutschland erst zugewanderten Familie angesehen. Besonders häufig traf ich auf die Meinung, die Wiege seines Geschlechts müsse in Schottland gestanden haben. Woraus man dies schließen zu dürfen glaubte, weiß ich nicht; denn Namen, die im Klang an Dauthendey erinnern, sind mir als schottische nicht bekannt geworden, während man ähnliche, wie etwa Hinckeldey und Mackeldey, in mancher Gegend Deutschlands häufig trifft. Kurzum: Buchhändler, die ihrer Bildung etwas Besondres schuldig zu sein meinten, redeten von ihm gern als von «Max Dossendi», wobei das Doppel-S gelispelt wurde, und ich könnte mir in dieser Hinsicht gehemmte Leute denken, die sichs nicht recht getrauten, ein Buch von ihm im Laden zu verlangen, weil sie nicht wußten, wie ihr Lieblingsdichter auszusprechen sei. Nun, für den Absatz mag das der Umstand wettgemacht haben, daß es zu jener Zeit für etwas Feineres galt, ein bißchen von wo anders herzustammen.

Max Dauthendey hat seinen Namen immer so gesprochen, wie er geschrieben wird, doch hat auch er zuweilen mit dem Gedanken einer schottischen Abstammung geliebäugelt; daneben aber hielt er eine französische für nicht ganz aus dem Weg. Dies wollte er – und das kennzeichnet seine von der Phantasie genährte Denkart gut – damit begründen, daß in seinem Vaterhaus als Krönungsschmuck der Weihnachtstanne nicht wie sonst üblich ein Stern, sondern ein goldner Hahn gedient hätte. Nüchterner veranlagten Naturen wäre dabei wahrscheinlich der deutsche Kirchturmgockel ins Blickfeld getreten statt des gallischen Chanteclair; auch läßt sich annehmen, daß ein französischer Stamm seinen auf fremden Boden ausgepflanzten Ablegern an Erbgut eher alles andre mitgegeben hätte als grade Christbaumschmuck.

Fraglos war schon der älteste Ahnherr seines Namens, von dem Max Dauthendey selbst wußte, und dessen nach einem zeitgenössischen Original kopiertes Bildnis über seinem Schreibtisch hing: der im siebzehnten Jahrhundert am braunschweigischen Hofe lebende gelehrte Mathematiker Casparus Dauthendey, ein richtiger Deutscher, und des Dichters aus Aschersleben stammender Vater war es auch. Das gleiche gilt von seiner allerdings in Rußland, aber als Tochter fromm Herrnhuterischer deutscher Kolonisten geborenen Mutter. Max Dauthendey selbst hat in Würzburg das Licht der Welt erblickt und ist ein lebender Beweis dafür, daß eines Menschen Wesen zwar vor altem durch das ererbte Blut bestimmt wird, daneben aber doch in hohem Maß durch den Geburtsort, wenn ihm der auch Heimat bleibt und seine Kinderspiele und ihn zum Jüngling und zum Mann erwachsen sieht. Ein Zufall nur hat unseres Dichters Eltern, von denen der Vater ganz gewiß nicht, die Mutter kaum mainfränkischen Stammes war, in Würzburg ansässig gemacht. Trotzdem dünkt mich der Sohn aus dieser Ehe das Urbild eines Unterfranken; und wüßte ichs nicht anders, würde ich darauf schwören, daß die Dauthendeys von Anbeginn auf diesem alten Kulturboden gesiedelt hätten.

Er selbst hat sich als seinen richtigen Sohn gefühlt, und doch... Jawohl, es gibt da ein «und doch», das für sein Leben bahnbestimmend wurde, ihn manchen Weg auf Erden und einmal sogar den rund um die Erde wandern hieß. Nicht nur der Name eines Menschen, sondern vielleicht auch eine irrige Deutung dieses Namens kann ihm Schicksal werden. Mag sein, daß schon der Knabe Max im Vaterhaus von fremdländischer Abkunft der Familie dies und das hat munkeln und vermuten hören, mag sein, daß er sich mit aus diesem Grund unter den Freunden und Gefährten seiner Jugend, die ihrerseits etwas Besondres in ihm sahen, als, wie er selbst es ausdrückt, «weißer Spatz», ja, oft wohl gradezu als völlig fremder Vogel fühlte. In Wahrheit aber ist das nicht so sehr auf seine Abstammung zurückzuführen, als vielmehr darauf, daß er von je ein Dichter war.

Es liegt nicht in dem Plan dieses Erinnerungsblattes und ist gottlob nicht meines Amtes, sein Werk in eine literarische Rangklasse einzuschachteln. Dies sei der Zunft der Germanisten überlassen, die sich dabei zwar auch nicht leicht tun werden und ihm, soviel steht fest, in der Vergangenheit oft ziemlich hilflos gegenübergestanden haben. Denn weder als Dichter noch als Mensch kann er nach der «Tabulatur» gemessen werden. Den Maßstab dafür hat nur das Gefühl, das auch dem Laien zur Verfügung steht. Und darum darf ich wenigstens das Eine sagen, daß ich ihn, zumal als Lyriker, nicht nur für einen der echtesten und größten unter unfern deutschen Dichtern halte, sondern auch für den vielleicht am festesten mit unseren Ursprüngen verknüpften. Es ist da um ihn ein Geheimnis, dessen Schlüssel wahrscheinlich darin liegt, daß sich bei ihm das Schaffen und das Sein vollständig deckten. Ihm hatten Schulweisheit und sogenannte Bildung nicht ihre Brille aufgesetzt und die Schau in die Natur getrübt, doch war er wohlgesittet, feinnervig, von empfindlichem Gemüt und, was damit durchaus nicht stets zusammenfällt, von ungemeiner Rücksicht gegen andre. Insofern hatte die Kultur des Elternhauses und des mainfränkischen Landes ihr Werk an ihm getan, ohne aber die Fäden abzuschneiden, die ihn mit der im Vorzeitdämmer versunknen Menschheitswelt verknüpften.

Auf diesen Fäden tanzte seine Phantasie leichtfüßig nach einem verlornen Urväterparadies zurück, davon in seinem Herzen irgendwie ein Traum aus einem abgelebten Sein geblieben war. Sie winkte ihm gebieterisch, und ihm blieb keine Wahl, als ihr zu folgen, so schwer sich ihm auch die Gewichte unsres Heute an die Füße hängten. Da hieß es, Koffer packen, hieß es, sich Bahnen oder Schiffen, Gemächten einer Technik, die ihm im Grund zuwider war, ohnmächtig anvertrauen, hieß es, das Schwierigste von allem meistern, nämlich Geld in seinen Beutel tun. Doch hatte ihn einmal das Ferneweh gepackte dann gab es keine Fessel, die er nicht mit seiner zarten Kraft zerbrach, dann wurde er, der gegenüber Widrigkeiten manchmal fast zaghaft wirkte, waghalsig bis zum äußersten.

Wie mancher, der ohne die nötigen Mittel in die weite Fremde zog, ist dort als ein Gestrandeter geblieben und hat die weiße Rasse in den Augen Farbiger zum Gespött gemacht. Dies brauchte er niemals zu fürchten. Davor bewahrte ihn eine Kraft, die Sehnsucht nach der Heimat und seiner blonden Frau aus Schweden hieß, der er im Lauf der Jahre an die tausend Liebeslieder sang. Erst von der letzten Fahrt hat es ihn lebend nicht zurückgeführt. Da aber war es der Krieg, der ihm die Wege nach Europa sperrte.

Und so fiel ihm sein Los seit Anbeginn und bis zum Schluß: Von Hause lockte es ihn zwingend fort, kaum aber spannte sich ein fremder Himmel über ihm, da packte ihn die bittre Sehnsucht nach dem deutschen Wesen und dem Frankenland. Wie glühend er daran hing, hat ihn vielleicht die Welt der Tropen erst gelehrt. Es schien, als müsse er sich das immer neu beweisen, wenn es ihn wieder und wieder auf die Reise trieb. Und ist es zu verwundern, daß einem solch ein Schicksal schließlich zum Verhängnis wird?

Diese Gefahr hat er wohl irgendwie geahnt. Es kann kaum anders sein. Denn wie er, sonst allem abgeneigt, was Rechnen hieß, an der Magie der Zahlen hing und Vorzeichen in ihnen suchte, so war er mehr als andre von Ahnungen gesegnet oder geplagt – ich weiß nicht, was die Sache richtiger trifft. Ich bin auch überzeugt, daß er, wenigstens halb unbewußt, dies drohende

Verhängnis irgendwie hat wenden wollen. Je mehr er in die Jahre kam – er hat die fünfzig freilich nicht weit überschritten –, desto heftiger erfaßte ihn der Drang, ein Stückchen der geliebten Frankenerde in Besitz zu nehmen. Er nährte insgeheim gewiß die Hoffnung, daß er durch solche Bindung an die Scholle auch seinen Wandertrieb in Fesseln schlagen würde. Gar oft, wenn ich mit meiner Frau bei Dauthendeys in Würzburg war, hat er uns dies oder jenes von Gartenland umgebne Anwesen gezeigt, das grade zum Verkauf stand, und es sich ausgemalt, wie schön es wäre, wenn er sich solch ein Grundstück kaufen, dort Blumen, Früchte und Gemüse (vor allem Blumen) ziehen und vom Ertrage und Erlös des eignen Gartens leben könnte. Das dünkte ihn so etwas wie das Paradies. In jungen Jahren hat er sich seinen Traum davon in Mexiko erfüllen wollen und hat dafür sein elterliches Erbteil drangegeben. Jetzt konnte er sich solch ein Eden nur noch in der Heimat denken; ein Vatererbe aber stand ihm nicht mehr zu Gebote. So scheiterten all diese Pläne bis auf weiteres am Geld.

Wenn aber Max Dauthendey, der Liebenswürdige, der einem ungern widersprach und im persönlichen Verkehr nachgiebig und vernünftiger Zurede offen wirkte, sich etwas ernstlich vorgenommen hatte, dann konnte nichts ihn hindern, seinen Willen früher oder später durchzusetzen; und seine Phantasie wies ihm auch hierbei Wege, auf die ein rechnender Tatsachenmensch niemals verfallen wäre. Stand ihm der Sinn nach einem eignen Haus im eignen Garten, so schaffte er es sich auch ohne Geld – ob allerdings zu seinem Glück, war eine Frage, aus die das Schicksal eine grausam harte Antwort gab. Ist es nicht oft und oft ein Segen für den Menschen, wenn ihm das Leben seine Wünsche nicht erfüllt?

Und dies ist die Geschichte, die ich hier erzählen will, nicht immer in der Reihenfolge, wie sich das alles zugetragen hat, sondern teilweise so, wie ichs von weitem miterlebte, während sich mir aus allerhand Bruchstücken ein ganzes Bild erst nachträglich durch den Bericht des Dichters selber formte.

Ich greife in den Sommer 1910 zurück, um klarzumachen, wie sich zwischen meinem Freunde Max und mir, der ich ja sein Verleger war und in gewissem Sinn auch so etwas wie seinen Bankier zu spielen hatte, allmählich, zwar wohl mehr auf seiner als auf meiner Seite, mancherlei Verdruß ansammelte, dem unser Geschäftsbriefwechsel häufig neue Nahrung gab. Denn wenn wir Aug in Auge miteinander sprachen, verschwand sehr bald der letzte Schatten einer Wolke zwischen uns.

Um jene Zeit begann sich in Max Dauthendey wieder einmal die Deutschlandmüdigkeit zu regen. Er hatte daheim verarbeitet, was ihm auf seinen Reisen zugewachsen war, hatte die asiatischen Novellen der Bände «Lingam» und «Die acht Gesichter am Biwasee», hatte sein dem Umfang wie dem Inhalt nach gleich großes Lied der Liebe und der Wunder um sieben Meere «Die geflügelte Erde» eine Dichtung, die Deutschland noch zu wenig kennt – vollendet und den Roman «Raubmenschen», der seine mexikanischen Erlebnisse ins abenteuerlich Phantastische erhob, und dem er eine Reihe von vier weiteren großen Prosa-Epen nachzuschicken plante. Als Schauplatz dieser fünf Geschichten waren abwechselnd alle die Länder vorgesehen, wo er auf seinen Fahrten selbst gewesen war, erzählen aber sollte sie eine Gestalt, die eine wunderliche Tarnung des Verfassers darstellt: ein junger Diplomat, der in geheimen Aufträgen die Welt bereist, und dem der Dichter den für die eigne Hin- und Hergeworfenheit zwischen Fernedrang und Heimweh sinnbildlichen Namen «Rennewart» gegeben hat. War nun der Hintergrund des ersten Rennewart-Romans das von Max Dauthendey als mörderisches Barbarenland gesehene Mexiko gewesen, so wollte er wie zur Erholung von dieser Raubmenschenwelt den zweiten inmitten der, wie man damals merkwürdig harmlos annahm, «gefestigten» Kultur Europas spielen lassen. Um ihn zu schreiben, dünkte ihn ein räumlich wie nach den Lebensformen möglichst weiter Abstand vom modernen Wesen unentbehrlich. Denn wen es stark zu etwas zieht, ist meist um Gründe dafür nicht verlegen.

Da einer größeren Reise der Geldmangel entgegenstand, beschloß der Dichter, wie schon einmal in seinen ersten Mannesjahren, als ihn vor allem andern die billigen Preise dahin führten, für den Sommer 1910 an die schwedische Westküste zu gehen. Dort in der meerumrauschten granitnen Inselwelt hoffte er unter dem Dach eines hölzernen Fischerhauses mit weißen Fensterstöcken in den blutrot getünchten Wänden seine Erzählung aus der großen Welt Europas gut in Zug zu bringen.

Er selber aber – und wer weiß, ob das nicht unbewußte Absicht von ihm war – richtete sich ein Hindernis dagegen auf. Ich spreche hier von unbewußter Absicht, weil ich mir denken kann, daß ihm zu dem geplanten Roman noch einiges fehlte außer dem von ihm so heiß begehrten Blickpunkt von wo anders her. Die Welt der sogenannten Hochzivilisation, die er da schildern wollte, war ihm ja nicht nur äußerlich so gut wie unbekannt, sondern lag ihm auch innerlich viel ferner als die fernste Fremde. Und hier ließ sich durch Phantasie schwerlich so leicht und vollgültig wie dort ersetzen, was ihm an Vertrautheit mit den Dingen abging.

Kurzum: er redete mir dringend zu, den Urlaub dieses Sommers mit Frau und Kind dort oben in seiner und seiner Frau Gesellschaft zu verleben. Ich danke ihm noch heute in seinem Grab dafür; denn diese Mittsommertage auf der Insel Koster stehen mir als die schönste Freizeit meines Lebens vor der Erinnerung. Wasser und Stein, von klarem Himmel überwölbte Landschaft, würzige Seeluft und der Verkehr mit Menschen, die einem etwas gaben, vereinten sich zu festlichem Zusammenklang. Solch einer guten Trägheit – Trägheit ohne Gewissensbisse, wie sie dem Arbeitsmenschen selten nur beschieden ist – habe ich mich sonst höchstens auf Seereisen hingeben können. Mit Baden, Segeln, kleinen Wanderungen über einsame Schären oder an der Festlandküste liefen die Tage rasch davon, und nicht nur mir, sondern auch Max Dauthendey, der uns in seiner liebevoll besorgten Weise die Honneurs von Schweden machte und sich für unser Wohlergehn persönlich haftbar fühlte.

So kam es denn, daß er von seinem zweiten Rennewart-Roman einstweilen keine Zeile schrieb und diese Arbeit auf die Zeit nach meiner Abreise verschob – wollte er doch viel länger hier verweilen als die vier Wochen, die mir zugebilligt waren. Um trotzdem künstlerisch etwas vor sich zu bringen, landschafterte er aber eifrig, was ihm geschwind und mühelos von der Hand ging. Ich stelle die besten seiner Buntstift- und Wasserfarbenzeichnungen ohne Bedenken dem Besten gleich, was er geschrieben hat; und wer vor ihnen fachmännisch überlegen von Dilettantismus spricht, sollte ihn folgerichtig auch als Dichter einen Dilettanten heißen, weil er als solcher genau so wenig das besaß, was man Routine oder Technik nennt, und was sich schließlich jeder, der nicht völlig des Talents ermangelt und den nötigen ernsten Willen hat, durch Studium meisterlicher Vorbilder und Emsigkeit aneignen kann. Eine so ursprüngliche Naturbegabung wie die seine wäre durch die Bemühung um gefeilte Glätte nur verdorben worden. O ja, ich weiß, daß es auch andre Wege zum großen Kunstwerk gibt – für ihn gab es sie nicht. Was ihm nicht eingeboren war von Anbeginn, das zu erlernen fehlte ihm die Gabe; eingeboren aber war ihm die völlig eigne schöpferische Form, der es nicht Abbruch tut, wenn etwa ein ganz Kluger die Form- *Vollendung* daran vermißt.

Ich habe ihm in jenem Sommer oft beim Zeichnen zugeschaut, und das ist mir auch für sein dichterisches Schaffen aufschlußreich geworden. Er zeichnete nach der Natur, hielt sich jedoch in Einzelheiten der Linie und der Farbe durchaus nicht streng an sie, sondern gestaltete gleichsam sein inneres Ideal, ich möchte beinah sagen, sein vorgefühltes Erinnerungsbild von diesem Stückchen Welt. Solange er bei der Arbeit war und ich nicht wußte, auf welches Ziel das alles hinstrebte oder, treffender ausgedrückt, von selber zulief, habe ich mich manchmal beinah ärgerlich gefragt, warum er denn die Dinge nicht schlicht und recht so wiedergab, wie sie sich meinem und also offenbar auch jedem andern offnen Auge darstellten; hatte er aber den letzten Strich an einem solchen Blatt getan, dann sah ich wohl, daß ihm trotz willkürlichem Umspringen mit der Wirklichkeit fast immer ein im höheren Sinne treues und meisterliches Abbild dessen, was da vor mir lag, gelungen war, woran man sich nichts anders wünschen mochte. Und so entschleierte sich mir im Miterleben seines Schaffens etwas von dem Geheimnis der Genialität.

Auch das verkürzte mir die Tage, und als die Mitte meines Urlaubs überschritten war, kamen sie vollends immer mehr in Fahrt; ich hätte sie gern halten mögen und fühlte die Abschiedswehmut schon voraus. Max Dauthendey hingegen begann die Aussicht, hier noch lange Zeit zu haben, unruhig zu machen. Nicht, daß er von verfrühtem Abbruch seines Aufenthalts gesprochen hätte, aber es wollte ihm hier oben nichts mehr recht behagen, besonders – die Verköstigung nicht.

«Ewig Fisch!» beklagte er sich eines Mittags. «Das Gehirn wird ja auf eine Art mit Phosphor überfüttert ...! Man fühlt sich gar nicht mehr! Da muß ja schließlich der Verstand hypertrophieren!»

«Na, wenn du keine größere Sorge hast ...!» lächelte ich.

«Korfiz ...!» Er musterte mich vorwurfsvoll, als hätte ich ihn mit meinem leicht hingeworfnen Wort zum Dummkopf stempeln wollen, was keineswegs in meiner Absicht lag, fuhr aber schnell ablenkend fort: «Dies Essen lähmt die Phantasie. Oh, wenn ich an Italien denke ...! Alles mit Öl gekocht! Das schmeckt so gütig, und man wird ein andrer Mensch davon!»

Ich dachte mir mein Teil und sagte nachher, als ich mit ihr allein geblieben war, zu meiner Frau: «Glaubst du, daß Max seinen Roman hier fertig schreibt? Ich glaub, er fängt ihn gar nicht an. Sind wir erst fort, dann hat ihn Koster auch gesehn.»

Damit behielt ich recht: der erste Brief von ihm, den ich nach unsrer Heimkehr bekam, war in Limone abgestempelt. Unter dem tiefer blauen Himmel dort fühlte er sich anfangs wie erlöst und war fest überzeugt, daß ihm bei der «gütigen» Kost und dem «wärmenden» roten Wein Italiens die große Arbeit, die er vorhatte, leicht fallen und in einem Zug zum guten Schluß gedeihen müsse. Bald stellte sich jedoch heraus, daß die Gestade des Gardasees dafür nicht günstiger gelegen waren als die des Skagerraks. Die Folgerung aber, die Max hieraus zog, war nicht, daß eine Ortsveränderung es auch nicht schaffen könne, sondern daß diese letzte Ortsveränderung viel zu geringfügig gewesen sei. So schrieb er denn an den Verlag, daß er «nicht leben» könne, wenn wir ihm nicht einen mehrmonatigen Aufenthalt in – Abessinien ermöglichten. Denn nur in diesem urtümlichen Land der Negerchristen vermöchte er seinen Roman «ganz zeitgemäß, modern und interessant» zu schaffen.

Nun war ich durch langjährigen Geschäftsverkehr mit Dichtern gegen Überraschungen ja abgehärtet, hier aber stand ich wieder einmal starr. Und grade weil ich mich Max Dauthendey befreundet fühlte, schien mir in der Geldfrage, so sehr sie dabei ins Gewicht fiel, noch lange nicht das ernsteste Bedenken gegen seinen abenteuerlichen Plan zu liegen. Schon auf der von einem gewiegten «Manager» der Firma Cook betreuten Weltreise hatte die lebhafte Einbildungskraft des Dichters ihm so und so oft Todesgefahren vorgespiegelt, die seinen nüchterner veranlagten Fahrtgenossen sicherlich entgangen waren. Allein und mit gelegentlichem Anschluß an Karawanen, wie er sich das vorstellte, mußte er sich auf Abessiniens rauhen Wegen ständig unter Mördern fühlen und dabei Gemütserschütterungen zu erdulden haben, denen seine Kraft schwerlich gewachsen war. Unter derartigen Verhältnissen einen Roman zu fördern oder auch nur zu entwerfen, dazu hätte wahrhaftig eine widerstandsfähigere Natur gehört. Und was den Vorschuß anbetraf, so waren dem Verlag, der keineswegs «im Gelde schwamm», Grenzen gezogen, die er ohnehin schon öfter überschritten hatte, als sich kaufmännisch rechtfertigen ließ. Wir mußten ja Max Dauthendey, aus dessen Büchern damals kein Gewinn zu ziehen war, ständig behilflich sein, sich nur das schlichte Leben zu erhalten. Die Hergabe einer so großen Summe, wie er sie jetzt verlangte, auf einmal hätte uns für geraume Zeit die Möglichkeit genommen, ihm weiter beizustehen.

Dies waren ungefähr die Gründe, die den Langenschen Verlag bewogen, dem Dichter die Erfüllung seiner Bitte abzuschlagen. Die Aufgabe, ihm das so glimpflich beizubringen, wie es irgend ging, fiel mir zu und fiel mir nicht leicht. Da ich ihn kannte, wußte ich genau, wie hart ihn dies Zerschellen eines Planes treffen mußte, darein er sich mit aller Leidenschaft verbissen hatte. So mag ich wohl in dem Bestreben, ihm unser Nein als ein Gebot vernünftiger Erwägungen recht einleuchtend zu machen, übers Ziel geschossen, mag meinem Brief an ihn trotz aller liebevollen Meinung etwas Schulmeisterliches angehaftet haben – feststellen kann ich das nicht mehr. Ich weiß nur noch, daß er mir tief beleidigt antwortete: Er habe mir im Lauf der Jahre manche Derbheit nachgesehen, weil er empfand, daß sie aus guter freundschaftlicher Gesinnung kam, hier gehe meine Freundschaftsderbheit aber doch zu weit. Er sei kein Kind mehr, wie ich offenbar zu meinen scheine, sondern volle fünf Jahre älter und erfahrner als ich. Grade bei dem, was alle Welt als Unvernunft von ihm betrachtete, habe sich stets sein sichres Gefühl dafür bewährt, was er für seine Dichtung brauchte, und ohne solche «Unvernunft» hätte er seine bedeutendsten und besten Werke niemals schreiben können. Wovon er nach der Abessinienreise leben wolle, sei nicht Sache des Verlags, er müsse sich diese unzarte Einmischung in sein Privatleben verbitten und fühle sich selber Manns genug, für sich zu sorgen ... Kurzum, er zürnte mir im Ernst, und dieser Strich durch eine ihm sehr liebe Hoffnung ist mir von ihm nie ganz verziehen worden. Wohl war, nachdem ich ihm in dem Bewußtsein, mit meiner Absage das Richtige und einzig Mögliche getan zu haben, begütigend zugeredet hatte, die Freundschaft äußerlich bald wieder hergestellt – der Stachel aber blieb ihm im Fleisch.

Der Plan des großen europäischen Romans wurde vertagt und meines Erinnerns nie wieder nur mit einem Wort erwähnt. Wahrscheinlich hat es zu Max Dauthendeys Versöhnlichkeit mir gegenüber beigetragen, daß er die Schuld daran nicht bei sich selber suchen mußte. Unfruchtbar war die Zeit, die er, durch die Verhältnisse gezwungen, dann noch in Deutschland blieb, deswegen nicht; denn wir verdanken ihr außer so manchem andern, was nebenher entstand, seine bedeutenden und schönen Erinnerungsbücher «Der Geist meines Vaters» und «Gedankengut aus meinen Wanderjahren», die schwerer wiegen, als jene Rennewart-Geschichte selbst im besten Fall gewogen hätte.

Im Herbst des Jahres 1911 trafen Freund Max und ich uns ausnahmsweise in Berlin. Das kurz vorher verkrachte «Hebbeltheater» dort wurde unter einer neuen Leitung als «Theater an der Königgrätzerstraße» mit der ersten öffentlichen Aufführung von Dauthendeys Versdrama «Die Spielereien einer Kaiserin» wieder in Gang gebracht. Acht Tage später folgte an der gleichen Bühne mein Lustspiel «Hundstage». Das Publikum erwies den beiden Stücken recht viel Freundlichkeit, auch die Kritik verriß sie nicht zu sehr. Richtige Kassenschlager wurden sie freilich nicht, doch füllten sie, abwechselnd gegeben, durch fast drei Monate das Haus zwar niemals ganz, hingegen immer so, daß das Theater auf die Kosten kam. Das Dauthendeysche Stück erzielte sogar langsam wachsende Besucherziffern. Dann aber, mit der dritten Premiere der neuen Direktion, brach plötzlich so etwas wie eine Christenverfolgung über uns herein: Rößlers «Fünf Frankfurter» entfesselten derartige Beifallsstürme, daß Hunderte von ausverkauften Häusern darauf folgen mußten; und damit waren unsre weniger «tüchtigen» Stücke abgesetzt und – blieben es.

Ein Trost im Unglück war es für Max Dauthendey, daß die Berliner Aufführung mehrere große Bühnen – ich habe Hamburg, München, Wien und Leipzig im Gedächtnis – veranlaßte, sein Drama ebenfalls zu spielen, wogegen kleinere Theater an den Ausstattungskosten Anstoß nahmen. Immerhin hat, er damals durch seine «Spielereien» ein paar recht hübsche Monatseinkünfte gehabt, was freilich keine ganz reine Freude für ihn war. Er jammerte mir öfters brieflich vor, daß alle seine Gläubiger mit einem Schlag verrückt geworden wären und ihn auf Grund dieses ihn selbst doch schwer enttäuschenden Erfolgs für einen Millionär zu halten schienen. Jeder Idiot verlange plötzlich Geld von ihm. Da das durchaus glaubwürdig klang und wir von ihm nicht auch für irrsinnig gehalten werden wollten, zahlte ihm der Verlag, obgleich er bei ihm hoch im Vorschuß stand, die ganzen Bühnenantiemen aus – sah er doch ein, daß hier noch mancher Not zu steuern war.

Und so geschah es denn, daß einmal um die Monatsmitte – es dürfte im April des Jahres 1912 gewesen sein – Max Dauthendey an einem Samstag neunhundert Mark von uns geschickt bekam. Sie gleich zum Schuldenzahlen zu verwenden, spürte er keinen Drang – dafür blieb Montag ja noch Zeit genug. Es reizte ihn, sich dieses Wochenende über mit den neun blauen Scheinen in der Tasche richtig wohlhabend zu fühlen; und keine Ahnung flüsterte ihm zu, daß er mit dem Entschluß zu diesem harmlosen Vergnügen vielleicht den ersten Schritt in sein Verhängnis tat ...

Das Wetter billigte sein Vorhaben ersichtlich: Der nächste Morgen zog bei strahlend blauem Himmel frühlingswarm herauf. Deshalb beschloß der Dichter, mit seiner Frau eine Fußwanderung in die Umgebung Würzburgs anzutreten. Sie überquerten auf der neuen Brücke den Main, stiegen gemächlich den Leutfresserweg hinan und wendeten sich, auf der Höhe angelangt, nach Süden in den Guttenberger Wald. Max Dauthendey, den grade seine Erinnerungsbücher stark beschäftigten, fühlte sich dadurch seiner Heimat inniger verbunden und träumte lebhafter als je von einem Leben auf der eignen Scholle. Der von tief ausgefahrnen Gleisen zerrissene Weg, den sie beschritten hatten, führte sie nach einiger Zeit auf eine Lichtung. Rechts von dem Sträßchen stieg ein locker mit jungen Obstbäumen besetzter Grashang leise an, links ging es jäh in eine Schlucht hinunter, aus der sich dicht gedrängt die Wipfel alter Bäume hoben.

Entzückt von diesem Landschaftsbild, sagte Max Dauthendey zu seiner Frau: «Also, sich hier ein Häuschen hinzubaun ...! Wenn man das kaufen könnte – wunderbar!»

«Kaufen kann man das schon!» erklang die Stimme eines Bauern, der plötzlich aus dem Waldesschatten trat.

«Gehört das Ihnen?» rief der Dichter und umschrieb mit ausgestrecktem Arm den grünen Fleck.

«Freilich, gehört schon mein.»

«Und was wär denn der Preis?»

Der Bauer musterte den Stadtherrn nachdenklich. Dies für ihn unbequem gelegne Stück Waldwiese als Bauplatz anzubringen, hätte er sich wahrhaftig niemals träumen lassen. Endlich entschloß er sich, zu sprechen: «Ja ... ich mein ... sechshundert Mark.» Und hastig fügte er hinzu: «Ist nicht zuviel. Die Lage halt ...»

«Utmärkt billig!» sagte der Dichter überrascht auf schwedisch zu seiner Frau, und unwillkürlich tastete seine Rechte nach der Stelle, wo seine wohlgespickte Brieftasche stak.

Nun, genügend Schwedisch, um wenigstens das zweite dieser Worte zu verstehen, konnte der Bauer immerhin, und damit hatte er bereits erfaßt, wie dieser Fremde zu behandeln sei. Unter beiläufiger Erwähnung andrer Kauflustigen, die sich neuerdings bei ihm gemeldet hätten, drang er darauf, die Sache gleich durch Handschlag festzumachen und dann auch ohne unnütze Verzögerung zum Notar zu gehen.

So wurde Max Dauthendey – er wußte kaum, wie ihm geschah – in aller Form Rechtens zum Grundbesitzer, und so hat er mir die Geschichte später selbst erzählt. Wir im Verlag erfuhren von dieser «Kapitalsanlage» erst ein paar Monate nachher durch einen Brief, worin er uns mitteilte, daß er sich auf dem von ihm erworbnen Stück Land im Guttenberger Wald ein ganz bescheidnes Blockhaus bauen wolle, um dadurch künftighin die teure Wohnungsmiete in der Stadt zu sparen. Die Kosten für den Bau erbitte er sich als Vorschuß von uns – was wir ihm ja wohl nicht abschlagen würden, weil sie sich nur auf rund fünftausend Mark beliefen.

«Utmärkt billig» fand er offenbar auch dies – wir vom Verlage mußten notgedrungen andrer Meinung sein; und wieder traf es mich, ihm dies in aller Freundschaft klarzumachen. Ich schrieb ihm also und stellte ihm zunächst die Frage, worauf wir ihm denn diesen Vorschuß geben sollten. Die «Spielereien» seien überall schon wieder abgesetzt, und weitere Annahmen des Stückes blieben leider aus; mehrere Werke, die er erst zu schreiben habe, seien schon in einer Weise vorbelastet, die keine Steigerung mehr erlaube; für seinen laufenden Bedarf aufkommen müßten wir auch weiterhin, da er von den erhofften Einsparungen an Miete ja nicht leben könne; es wäre also angezeigt, den Blockhausbau auf bessere Zeiten zu verschieben.

Er antwortete mir, schon leicht gereizt, warum ich denn in meinem Brief von lauter Dingen rede, die er selbst zum Überdruß auswendig wisse, hingegen mit keinem Wort sein neues Stück erwähne, das vor acht Tagen an uns abgegangen und doch wohl schon von uns gelesen sei. Nach dem Erfolg der «Spielereien» würde es nächsten Winter ohne Zweifel über alle deutschen Bühnen gehen, und damit wären nicht nur diese fünftausend Mark, um die er nochmals dringend bitten müsse, sondern auch alles, was er uns von früher schulde, in ein, zwei Monaten gedeckt.

Ich seufzte tief, als ich das las. Ja, dieses Stück, worauf er so viel Hoffnung setzte! Es hieß «Die Heidin Geilane», und sein Stoff war die Legende des Würzburger Stadtheiligen Kilian. Mir sagte es nicht viel, doch mochten andere darüber anders denken – eins aber schien mir ganz gewiß: daß es unendlich schwer sein werde, es bei einer Bühne anzubringen.

Das nun Max Dauthendey dürr herauszusagen, dünkte mich in diesem Augenblick unmenschlich hart. Ich schrieb ihm also zurück, daß der Verlag sich gern bereiterkläre, seine «Heidin Geilane» ungesäumt zu drucken und den Theatern einzureichen. Zwar hätten diese für gereimte Versdramen nicht viel übrig und könnten auch am Ende Anstoß daran nehmen, daß das Werk ein – freilich umfangreicher – Einakter sei, und es aus diesem Grunde nicht für abendfüllend gelten lassen; wir wollten aber immerhin der besten Hoffnung sein und würden die Gewährung des Vorschusses auch nicht erst von dem Erfolg der Uraufführung abhängig machen, sondern ihm die verlangte Summe geben, sobald zwei größere Theater sein neues Drama angenommen hätten. Früher ginge es auf keinen Fall.

Dieser Brief von mir entflammte Max Dauthendey zu hellem Zorn, und ungemein kennzeichnend für ihn ist es, was ihn dabei am heftigsten erregte: nicht etwa unsere Absage, wie man doch hätte meinen sollen, sondern daß ich in seiner «Heidin» einen Einakter zu erblicken wagte. Jetzt hatte seine lebhaft Schlußfolgerungen ziehende Phantasie heraus, was ich für einer war: so etwas konnte nicht der sachliche Verleger schreiben, sondern nur der «Auchdramatiker» und mißgünstige Nebenbuhler. Man soll deswegen aber ja nicht glauben, daß er andre hinterm Busche suchte, weil er selbst dahinter saß o nein, das alles diente nur zur Übertäubung einer Lebensangst, die ihn bei dem Gedanken packte, was werden solle, wenn das neue Stück sich nicht bewährte.

Jedenfalls war er für eine Weile mit mir «fertig» und richtete sein nächstes Schreiben nicht an mich, sondern an meinen Verlagskollegen und Freund Geheeb. Er müsse sich bei ihm dagegen wehren, wie ich seine «Heidin Geilane» kleinzumachen trachte. Das Stück sei durchaus abendfüllend und mehr als das – an Zahl der Verse übertreffe es Schillers «Wallenstein». Wenn er es durchweg auf einem Schauplatz spielen und niemals zwischenhinein den Vorhang fallen lasse, tue er das, weil nur die langen Umbaupausen bei seinen «Spielereien» es veranlaßt hätten, daß dieses Stück nicht zu dem verdienten großen Kassenerfolg gekommen sei. Was mich zu meinem schiefen Urteil führe, scheine ihm freilich klar. Er wolle sich nicht näher äußern, doch habe es etwas Ungesundes, wenn ein Verleger selber Stücke schreibe. Natürlich könne mir das nicht verboten werden, als unerhört müsse er es jedoch bezeichnen, daß ich in meinen «Hundstagen» ihn, einen Dichter von seinem Rang, erkennbar auf die Bühne gebracht und lächerlich gemacht hätte.

«Auf einmal!» schmunzelte ich, als mich Geheeb das lesen ließ. Ich konnte nämlich diese furchtbare Anklage mühelos durch die Feststellung entkräften, daß ich mein Lustspiel – wie sichs auch gehörte – Max Dauthendey als erstem vorgelesen und er in keiner Weise Ärgernis daran genommen, sondern mir vergnügt bestätigt hatte, wie gut und liebenswürdig er darin getroffen sei.

Als ihm Geheeb dies ins Gedächtnis rief, antwortete er, man habe ihn natürlich mißverstanden. Das Recht, ihn zum Modell für eine keineswegs gehässig gesehene, wenn auch recht unbedeutende Bühnengestalt zu nehmen, streite er mir nicht ab – was er mir vorzuwerfen habe, sei etwas andres. Bei Aufführungen meiner «Hundstage» in verschiednen Städten schrieben die Kritiker immer wieder, daß der Verfasser bei der Schilderung seines Dichters offenbar an einen – bekannten Lyriker gedacht habe. Ich hätte ihn also nicht nur porträtiert, sondern, und das eben sei das Schlimme, diese Tatsache den Bühnen überallhin mitgeteilt, um auf die Art mein doch wohl leider ziemlich «sanftes» Stück – sensationell zu machen.

Auch wer mich gar nicht kennt und nichts von mir gelesen hat als diesen Aufsatz bis hierher, wird mir wohl glauben, daß ich solche Hirngespinste einer gekränkten Dichterseele nicht übel, sondern von der heitern Seite nahm. Nun ist es aber wohl in allen guten Ehen Brauch, daß sich die Frau Kränkungen, die ihrem Manne widerfahren, heftiger zu Herzen gehen läßt als dieser selbst. So fand denn meine Frau, die bisher stets durch dick und dünn zu Dauthendeys gehalten hatte, daß hiermit die Grenze überschritten und es das Gebotne sei, die Freundschaft jetzt für einige Zeit auf Eis zu legen. Ich widersprach ihr nicht, sah ich doch ein, daß dies mir künftig manchen Verdruß ersparen könne, der mir bisher aus meiner Doppeleigenschaft als Freund und als Verleger Dauthendeys erwachsen war. Fortan schrieb also nicht mehr Korfiz Holm an seinen lieben Max, sondern die Firma Albert Langen an den sehr verehrten Herrn Dauthendey, und unter jedem Brief stand neben meinem Namen noch ein zweiter. Persönlich also «schnitten» wir uns und waren, ohne uns das feierlich mitzuteilen, «böse» miteinander, während zwischen ihm und dem Verlag alles bald wieder in das alte Gleis zu kommen schien. Von seinem Blockhaus war nicht mehr die Rede, und wir glaubten fest, daß er dessen Erstellung, unsern Rat befolgend, auf eine günstigere Zeit verschoben hätte.

Wir waren also verblüfft, als er uns im Vorfrühling 1913 schrieb, er habe sich nun seine künftige Heimstatt bauen lassen, doch, da ihn das bei näherer Überlegung richtiger dünkte und er ja Platz für seine Arbeit brauche, nicht in Blockhausform, sondern massiv und etwas größer, als es im Anfang vorgesehen war. Natürlich sei das Haus entsprechend teurer ausgefallen und koste fünfundzwanzigtausend Mark. Nun müsse er dem Architekten aber schleunigst eine erste Rate von fünftausend Mark bezahlen und bitte uns aufs dringendste um den Betrag.

Dies vernahm ich mit aufrichtiger Bestürzung, erkannte ich doch besser als der Dichter selbst, was er sich damit aufgeladen hatte. Wir im Verlage sahen keine Möglichkeit, ihm da herauszuhelfen, und hofften nebenbei im stillen, daß unsre Absage der Anlaß für ihn werden möchte, alles zu tun, um dieses Haus, das er ja doch nie würde halten können, so schnell es irgend ginge, wieder loszuwerden. So wurde unsre Antwort, wie im vorigen Sommer, ein bestimmtes Nein.

Sein nächster Brief gab seinem bittern Befremden darüber Ausdruck, daß wir, die wir ihm stets vom Reisen abgeraten hätten, jetzt, wo er sich doch eine Art Versicherung gegen jede weitere Reise schaffen wolle, auch dazu nicht die Hand zu bieten willig seien. Im übrigen nahm er diese Enttäuschung ruhiger, als wir erwartet hatten, und ergab sich anscheinend ohne Groll in das, was sich zur Zeit nicht ändern ließ.

Nicht einmal mir persönlich schien er mehr zu grollen; denn bald darauf begann er wieder meiner Frau und mir zwar ziemlich kurz, doch freundschaftlich zu schreiben. Er erzählte uns von seinem Einstand in dem neuen Heim und schickte uns Lichtbilder von Haus und Garten, die uns zeigten, wie hübsch und stattlich beides ausgefallen war. Uns dünkte es ein wenig peinlich, ihn zu etwas zu beglückwünschen, worauf er sich nach unsrer Überzeugung nur zu seinem Unglück eingelassen hatte. Wir zogen also vor, zu tun, als wären wir auch weiter mit ihm böse, und nicht zu antworten. Auch er verstummte daraufhin für einige Zeit.

Dann eines schönen Frühherbsttages traf eine Ansichtskarte bei uns ein, auf deren Bildseite der feuerspeiende Berg Stromboli seine Rauchpinie in einen unwahrscheinlich blauen Öldruckhimmel steigen ließ, während uns auf der Anschriftseite Max Dauthendey zu wissen tat, er sei mit seiner Frau vor dem schrecklichen deutschen Wetter nach Süditalien geflüchtet und schicke uns von den Liparischen Inseln seinen schönsten Gruß.

Ich lächelte, als ich das las, und sagte zu meiner Frau: «Hab ich mir doch gedacht – jetzt, wo der Max ein Haus in Würzburg hat, wird er bestimmt nie mehr in Würzburg sein.» Dies scherzhaft hingeworfne und gemeinte Wort hat mir in der Erinnerung später fast einen Schauer über den Rücken laufen lassen, als sich erwies, daß ich da unbewußt etwas wie eine Prophezeiung ausgesprochen hatte. Tatsächlich ist der Dichter seit damals, wenn überhaupt, nur einmal noch für wenige Stunden in der Vaterstadt gewesen.

Nun war der Sommer 1913 bei uns wirklich unangenehm regenreich. Insofern ließ sich diese Flucht nach Süditalien gut verstehen. Schwerer verstanden wir es schon, woher er eigentlich das Geld dazu genommen hätte. Noch unverständlicher aber wurde die Angelegenheit, als wir erfuhren, Max Dauthendey habe auf der Rückfahrt München berührt, ohne uns aufzusuchen, und lebe nun in einer Berliner Pension. Dabei verhielt er sich dem Langenschen Verlage gegenüber weiter stumm, bezog auch keinen Pfennig mehr von uns.

«Was mag er wohl für einen Juden totgeschlagen haben?» fragte ich mich; und meine Kollegen erörterten besorgt die Möglichkeit, daß irgendein Verleger in Berlin dahinterstecke. Diese Befürchtung konnte ich nicht teilen; denn wenn ich auch dem Dichter selbst die ehrlich naive Auffassung zutraute, daß er durch unsere «Verständnislosigkeit» seiner Pflichten gegen uns entbunden sei, versah ich mich doch von der Berliner Konkurrenz, die da in Frage kam, nicht soviel geschäftsuntüchtiger Harmlosigkeit. «Wir können warten», meinte ich deshalb. «Was gilt die Wette? Er kommt ganz von selber wieder.»

Und er kam. An einem Wintermorgen kurz vor Weihnachten 1913 surrte auf meinem Schreibtisch im Verlag der Fernsprecher, und ich vernahm, daß mich Herr Dauthendey zu sprechen wünsche. «Am Telephon?» erkundigte ich mich – Nein, er sei selbst am Schalter. – «Also, ich lasse bitten», seufzte ich.

Der Dichter trat befangen lächelnd ein und wirkte, obgleich ich ihm ja sozusagen böse war, sofort mit der ihm eignen Unwiderstehlichkeit auf mich. Doch nahm ich mich zusammen und spielte täuschend den ernst höflichen Verleger.

Kaum daß er saß, gab Max sich einen Ruck und schwang sich mit kühnem Sprunge über seine Hemmungen hinweg. «Korfiz», brach es aus ihm hervor, «mir ist Entsetzliches passiert.»

«Also laß hören!» sagte ich. «Dann werden wir ja sehn.»

Und er begann. Ereignet hatte sich das Folgende: Sein Architekt, dessen auffallende Geduld ich mir nachträglich nur so erklären kann, daß er dem Dichter selbst zu diesem sonderbaren Hausbau zugeredet haben mag, hatte, da ja von seinem Bauherrn nichts zu holen und da auch angesichts der durch den Balkankrieg geschäftlich trüben Zeiten kein Bankgeld aufzutreiben war, Max Dauthendey gefragt, ob denn nicht er einen Bekannten oder Freund dazu bewegen könne, ihm eine erste Hypothek von wenigstens zehntausend Mark auf das Anwesen zu gewähren. Der Zufall wollte es, daß kurz darnach den Dichter ein Jugendfreund besuchte, der irgendwo auswärts in günstigen Umständen lebte, an Max Dauthendey sehr hing und alles, was er schuf, bewunderte, so auch sein letztes Werk: dies Haus. So kam es, daß er wegen einer Hypothek gern mit sich sprechen ließ, und so gelangte Max in den Besitz der angenehmen Summe von zehntausend Mark. Dies Geld, wo er doch selber so in Not war, seinem Architekten hinzuwerfen, hätte ihm sehr weh getan. Auch fühlte er sich von dem Aufenthalt in seinem neuen Heim schon recht bedrückt. Es lag so einsam, daß es fast zum Fürchten war. Am Abend stiegen aus dem Guckelesgraben, der Waldschlucht gegenüber seinem Gartentor, gespenstische Nebelschwaden auf, unheilverkündend schrien nachts die Eulen durch die schwere Stille... Dazu plätscherte der Regen Tag für Tag – was andrerseits ja freilich als Erleichterung zu begrüßen war. Max hatte sich nämlich, worauf wohl nur ein Dichter kommen kann, sein Haus an einen Platz gebaut, wohin nicht nur keine elektrische und keine Gasleitung gelegt war – schließlich gibt ja die altväterische Petroleumlampe auch ein «gütigeres» Licht –, sondern wo es bei schönem Wetter auch kein Wasser gab. Das mußten ihm dafür gedungne Leute in großen Bütten, die sie auf dem Rücken trugen, vom nächsten Dorf her fünfundzwanzig Minuten weit bergauf befördern.

Ich habe dies Haus Max Dauthendeys im Guttenberger Wald bloß einmal, kurz nach seinem Tod, betreten und glaube nicht, daß es nur die Dämmerstunde, zu der ich hinkam, und das Gefühl, hier müßte jetzt sein Schatten geistern, gewesen ist, was sich mir bei dem Aufenthalt in diesen Räumen, so wohnlich er sie auch mit alten und mit selbstentworfnen Möbeln eingerichtet hatte, schwer lastend auf die Seele legte. Daß er in diesem Heim nie für die Dauer hätte heimisch werden können, wurde mir mit Wehmut klar.

Ob er sich dessen ganz bewußt war, weiß ich nicht. Sicherlich trieb es ihn damals von dem allen fort. So «rettete» er sich und seine Hypothek nach Süditalien.

Nun höre ich gar manchen, der dies liest, befremdet äußern, so ahnungslos, sich dazu für berechtigt anzusehen, könne niemand sein – ich habe Max gekannt und weiß, daß er es war. Gewiß, ein wohlgesetzter Bürger täte so etwas nicht, und auch sein Ahnherr, der Mathematiker Casparus Dauthendey, hätte es nicht getan; von dessen rechnerischen Gaben aber war auf Max auch nicht ein Deut gekommen. Er war fest überzeugt, daß dieses Haus sein eigen sei, und machte sich nicht klar, daß ihm in Wirklichkeit kein Ziegelstein davon gehörte. So ahnungslos war er nun freilich wieder nicht, sich zu verhehlen, daß ihm sein Architekt die Sache übelnehmen würde. Hatte der aber schon so lange warten können, so könnte er das auch ein bißchen länger noch. Denn ewig würde es nicht dauern, bis ihn der endlich einsetzende Erfolg – am Ende gar der Nobelpreis – mit einem Schlag aus aller Not erlöste. Um sich jedoch Verdrießlichkeiten zu ersparen, ging er bei seiner Heimkehr aus Italien nicht nach Würzburg, sondern nach Berlin.

Verborgen für die Dauer blieb sein Aufenthalt in dieser Stadt dem Architekten aber nicht, und eines Tages traf die Botschaft von ihm ein, daß es ihm infolge einer Besserung der allgemeinen Lage geglückt sei, eine Bodenkreditbank für die Hergabe einer ersten Hypothek auf das Anwesen zu gewinnen. Er schickte allerhand Papiere mit, die Max bei einem Notar rechtsgültig unterfertigen sollte. Das konnte er natürlich nicht, er teilte dem Bedränger also mit, daß er zu dessen Gunsten höchstens eine zweite Hypothek eintragen lassen könne, denn eine erste hätte er schon selbst. Nun aber riß dem Architekten die Geduld, er wurde mehr als deutlich und sprach von Strafanzeige und vom Staatsanwalt.

Jetzt erst begriff der arme Max, was er da angerichtet hatte, und sein Schreck war groß. Er fuhr am gleichen Tag – was sollte er sonst tun! – zu seinem Jugendfreund und bat ihn flehentlich, mit seinen zehntausend Mark großmütig auf die zweite Stelle auszuweichen. Und dieser wahrhaft edle Mensch erklärte sich dazu bereit. Doch wer da glaubte, daß damit jede Gefahr auf lange abgewendet sei, der täuschte sich. Denn dieser böse Architekt forderte dringend mehr. Und wessen man sich von einem Mann versehen mußte, der rücksichtslos genug war, einem *deutschen* Dichter mit dem *Staatsanwalt* zu drohen – darüber gab sich Max Dauthendey jetzt keinem schönen Traum mehr hin.

Deshalb war er zu uns gekommen und brauchte auf der Stelle zehntausend Mark. Mit einem Teil des Geldes wollte er diesem unbequemsten unter seinen Gläubigern für einige Zeit den Mund zu stopfen suchen, der Rest sollte ihm helfen, sich bis Anfang September durchzuschlagen. Von da ab sei für ihn gesorgt: er habe mit einer Berliner Konzertagentur vereinbart, daß die ihn nächsten Winter auf eine Vortragsreise durch ganz Deutschland schicke. Und dann sei alles gut. Denn Richard Dehmel hätte damit Hunderttausende verdient.

Wenn ich das auch für übertrieben hielt und diese Aussichten nicht in so rosigem Lichte sah, sagte ich mir doch, daß wir wohl oder übel das, was später würde, der Zukunft überlassen und jetzt vor allem zusehen müßten, dem unglückseligen Dichter für den Augenblick zu helfen. Ich hieß ihn also warten und besprach mit meinen Kollegen vom Verlag den Fall. Sie waren durchaus meiner Meinung, nur schien es uns recht schwierig, zu ergründen, woraus wir ihm denn einen Vorschuß von annähernd der gewünschten Höhe geben sollten. Wir fanden aber schließlich einen Weg, den näher zu erörtern hier nicht nötig ist, und der unsern guten Herzen zweifellos mehr Ehre machte als unsern kaufmännischen Fähigkeiten, Max Dauthendey jedoch bis zum August des nächsten Jahres ein monatliches Einkommen von tausend Mark zusicherte. Der Dichter war mit allem dankbar einverstanden, und wir im Verlag schmeichelten uns der Hoffnung, so alles Nötige dafür getan zu haben, daß dieser Vorschuß sinngemäß Verwendung finde. Wir ahnten eben trotz langjährigen Erfahrungen noch nicht, auf welche sonderbare Art ein Dichter sich durch jede Wand ein Loch zu brechen weiß, wenn ihn sein Dämon treibt.

Als der Vertrag über den neuen Vorschuß abgeschlossen war und Max die erste Anzahlung in der Tasche hatte, saß er noch immer gleichsam wartend da. Was er vermißte, wußte ich genau: er wollte aufgefordert werden, mich zu Hause zu besuchen. Ich aber fand: «Wenn man schon böse miteinander ist, muß man auch böse miteinander sein», und stellte mich hartnäckig dumm. Endlich erhob er sich leicht vorwurfsvollen Angesichts, bedankte sich noch einmal, sprach die Hoffnung aus, daß wir uns bei meinem nächsten Besuch in Berlin dort treffen würden, drückte mir die Hand und ging.

Als ich an diesem Nachmittag nach Hause kam, begrüßte meine Frau mich mit der Kunde, daß sie Max Dauthendey zum Abendessen eingeladen habe.

«Ach was?» rief ich belustigt. «Und ich hab gedacht, du willst jetzt nichts mehr von ihm wissen?»

«Er war so nett am Telefon», erklärte sie.

Und diese jeden Widerstand umreißende Nettigkeit bewahrte Max, als er dann kam, bis weit nach Mitternacht. Er fühlte sich aus schwerer Not erlöst und sprudelte von liebenswürdiger

Laune über. Damals erzählte er uns seine ganze Hausgeschichte noch einmal genau, nicht mehr als Trauerspiel, wie heute im Verlag, sondern mit dem entzückendsten, ganz leise selbstironischen Humor. Wenn ich sie einigermaßen unterhaltsam wiedergeben konnte, verdanke ich das ihm.

Als etwas für mich Neues kam der Bericht hinzu, auf welche Art er seine erste Hypothek nach Süditalien befördert hatte. Da er plötzlich die schön runde Summe in den Händen hielt, die ihm, wie er doch hoffte, lange dienen sollte, war er von der Furcht befallen worden, daß irgend etwas diesen Traum zu Wasser machen könnte. Begriffe, die ihn bisher nie beschäftigt hatten, wie Geldentwertung, drängten sich ihm auf. Ihn, der in Zeitungen nur das zu lesen pflegte, was unter dem Striche stand, hatte, weiß der liebe Gott, woher, die Ahnung angewandelt, daß ein Weltkrieg vor dem Ausbruch sei. (Er brauchte ausdrücklich dies Wort, das uns in jenen Tagen noch nicht so geläufig war, wie es uns späterhin geworden ist.) Dann aber würde auf der Erde niemand mehr Papiergeld nehmen wollen. Was also tun? – Er wußte Rat: er lief durch alle Bankgeschäfte Würzburgs und ließ nicht nach, bis er das ganze Geld in deutsche Goldstücke umgewechselt hatte. Ein Portemonnaie, das diese fassen konnte, gab es nicht, so steckte er sie lose in die Hosentasche und reiste, um ein Erkleckliches gewichtiger geworden, doch ohne weitere Kriegsfurcht ab. Aufregungen hatte es deswegen trotzdem noch genug gegeben. So war er einmal in Neapel schreckensbleich aus seinem schönsten Schlaf gefahren, weil ihm einfiel, daß er seine Hose zum Putzen vor die Tür gehängt hatte, ohne die Tasche auszuleeren, darinnen er sein Kapital verwahrte. Gestohlen worden war ihm aber nichts von seinem Gold – er hatte es schon selber redlich aufgebraucht.

Dies alles erzahlte er so hinreißend lebendig, daß ich mir einfach Tränen lachte und schließlich rief: «Den Stoff mußt du mir schenken!»

Er war dazu, wie immer zu Geschenken, gern bereit. Jedoch aus seiner Gabe Kapital zu schlagen, blieb mir verwehrt. Hätte ich diese erstaunliche Geschichte einer erfundnen Gestalt nachsagen wollen, wäre sie jedermann höchst unglaubwürdig vorgekommen. So etwas konnte nur Max Dauthendey erleben.

Nachdem er öfters schon vom Aufbrechen gesprochen hatte und immer wieder noch geblieben war, verabschiedete er sich – von meiner Frau für alle Zeit. So steht er ihr mit der fröhlichen Miene jenes Abends im Gedächtnis.

Ich sah ihn noch einmal, wohl Ende März des Jahres 1914, in Berlin. Dort führten wir ein Gespräch von ernsterer Art. Er sagte mir, daß er sich jetzt nach der Vollendung seiner «Geschichten aus den vier Winden» schöpferisch völlig ausgegeben fühle und wieder eine Reise brauche, um sich Anregung zu holen. «Aber», fügte er hinzu, «Korfiz, hab keine Angst: nicht eine große diesmal – eine kleine nur.»

«Wohin denn also?» fragte ich.

«Nach Neu-Guinea.» Und er sah mich zaghaft an.

Ich lachte auf. «Na, lieber Max, das scheint mir doch die weiteste, die möglich ist, wenn man nicht gleich rund um den Erdball will.»

«Korfiz, ich weiß doch, daß ich Anfang September wieder da sein muß – da fangen meine Vorträge ja an.» Und eifrig legte er mir dar, warum es grade Neu-Guinea sein müsse. Dort gebe es noch richtige Menschenfresser. Solche seien ihm noch nicht begegnet. Er versprach sich anscheinend viel davon für seine Kunst.

«Und woher nimmst du denn das Geld?» erkundigte ich mich.

Oh, meinte er, so teuer würde es ja nicht. Er habe an den Norddeutschen Lloyd geschrieben, ob nicht eine Ermäßigung des Passagepreises zu erlangen sei, wenn er sich verpflichte, Zeitungsaufsätze und späterhin ein Buch über die Reise abzufassen, und darauf hätte ihm die Reederei geantwortet, daß er dann nur die Hinfahrt zu bezahlen brauche, die Rückbeförderung erfolge kostenlos. – Nun müsse er aber den Verlag dringend ersuchen, ihm den Rest des Vorschusses sofort auf einmal auszuzahlen.

Ich riet Max Dauthendey, von diesem Plan zu lassen, und führte viele gute Gründe dafür an. Er hörte mir tieftraurig zu und widersprach nicht viel, so daß ich in der Meinung, ihn vollständig überzeugt zu haben, zurück nach München fuhr. Dort aber lag bei meiner Ankunft schon ein Brief von ihm, der, ohne auf seine Unterredung mit mir Bezug zu nehmen, die gleiche Bitte wie zuvor an mich jetzt an die Firma richtete.

Ihm unsre Absage ausführlich zu begründen, hatte keinen Zweck – das sah ich nun. Wir antworteten ihm also kurz, daß der Verlag die Mittel zur Erfüllung seines Wunsches leider nicht verfügbar hätte, es falle uns schon schwer genug, ihm monatlich die Raten auszuzahlen – was, nebenbei gesagt, auch keineswegs gelogen war.

Nun schwieg er sich eine Weile aus, dann schrieb er uns aus Bremen, daß er, da diese Reise eine künstlerische Notwendigkeit für ihn bedeute, seine Forderung an uns dem Norddeutschen Lloyd zediert habe (auf diese fachgemäße Ausdrucksweise schien er besonders stolz zu sein) und uns ersuche, die weiteren Monatsraten bei Fälligkeit dorthin zu überweisen. Wenn wir sonst noch irgend etwas von ihm wissen wollten, erreichten ihn bis zu dem und dem Tag Anfragen in Genua auf dem Dampfer «Goeben».

So trat Max Dauthendey die Reise an, die seine letzte werden sollte. Ob ihm jetzt keine Ahnung mehr von einem nahen Kriege sprach, das weiß ich nicht. Gemeldet haben mag sich solch ein Vorgefühl wohl hie und da; denn in Batavia auf Java war er Ende Mai schon fest entschlossen, wieder umzukehren und die Fahrt nach Neu-Guinea aufzugeben. Hätte er daran festgehalten, dann wäre er grade noch vor Kriegsausbruch wieder daheim gewesen. Der Dämon aber, der ihn trieb, hat es anders gewollt; und diesmal, wo es ihn gleich anfangs so stark zurück nach Deutschland zog, dürfte es kaum sein alter Dämon Ferneweh gewesen sein, sondern vielmehr der Alb, zu dem sein Haus mit allem, was sich daran knüpfte – sein Schicksalshaus im Guttenberger Wald –, für ihn geworden war. Die Weiterreise schob den Tag hinaus, da sich die Würzburger Gläubiger auf ihn stürzen würden. Dem zog er den Verkehr mit Menschenfressern vor. Ich sage das nicht nur so hin: ich weiß, daß er drei Jahre später noch, als ihn die Sehnsucht nach dem deutschen Boden fast verbrannte, aus demselben Grund mit schwerster Sorge an die Heimkehr dachte. Denn hatte er den Weltkrieg auch vorausgeahnt – die große Inflation vorauszuahnen, die reiche Männer arm werden ließ, verschuldete aber aus der Schuldverstrickung löste, dafür fehlte ihm die Gabe, weil Bankmanöver sich auf einer Ebene vollziehen, wohin die Seele keinen Zugang hat.

Dann mit dem Kriege, der ihn in der Banda-See ereilte, fing eine furchtbare, vier Jahre währende Folter für ihn an, die erst sein Tod beendete. Nun haben mir ja nüchternere Menschen, die während dieser Zeit mit ihm zusammen waren, gesagt, man solle doch die Dinge auch nicht übertreiben: Java sei in den höheren Lagen ein Paradies, es wäre Max Dauthendey dort bis zu seiner tödlichen Erkrankung eigentlich recht gut gegangen, und man hätte ihn zuweilen ganz vergnügt gesehen. Was heißt das schon! Kein Mensch kann Jahr um Jahr ununterbrochen trauern, und vor allem war der Dichter viel zu takt- und rücksichtsvoll, um andre immerfort mit seinem Jammer zu beschweren. Wer ihn gekannt hat und vielleicht auch schon, wer seines Wesens einen Hauch aus dem verspürt hat, was ich hier wahrheitsgetreu, doch mit dem Blick der Liebe geschaut von ihm erzählte, kann Seelenqualen eines Menschen von solcher Leidenschaft und Schmerzempfindlichkeit, wie er einer gewesen ist, nicht eingebildet heißen, weil stumpfere und derbere Naturen nicht in der Lage sind, sie nachzufühlen; und der ermißt, was es für ihn bedeutet haben muß, hier wohl zum erstenmal im Leben vor einer Wand zu stehen, in die nicht einmal die unbändige Sehnsucht nach seiner Frau und seinem im schwersten Kampfe liegenden Vaterland ihm eine Öffnung brechen konnte. Seine Briefe und Tagebücher aus der Zeit bezeugen es erschütternd, daß er das bittre Sterben in seinem Herzen vielhundertmal erlitten hat, bevor er wirklich starb.

Hier könnte allerdings ein ganz Gescheiter sagen: Daß er damals nach Neu-Guinea reiste, hätte er sich selber zuzuschreiben, und damit auch das ganze Trennungsweh. Banalitäten lassen sich schwer widerlegen. Wer immerzu im Flachland bleibt, stürzt selbstverständlich nie von einem Gipfel ab, wird aber die Welt auch nie von oben sehen und es sich gefallen lassen müssen, daß man ihn einen Philister nennt. Max Dauthendey hat oft gesagt, ein Dichter habe den gefährlichsten Beruf, und heute reut es mich, daß ich mich hie und da darüber lustig machte. Denn, mag es auch ein wenig sonderbar geklungen haben, er hatte, was ihn selbst betraf, sehr wahr gesprochen: sein Leben ist, auch wenn er still daheim saß, immer bis zum äußersten gewagt gewesen, und er hat sich darüber nicht getäuscht, nein, seine Phantasie sah die Gefahren, die ihm drohten, eher zu groß als zu gering; so hat er, was man seinen Leichtsinn heißen könnte, im tiefsten niemals leicht genommen. Nur das Bewußtsein seiner echten Künstlerschaft und die gewisse Hoffnung, daß sein Volk sie bald erkennen und belohnen müsse, hat ihn zeitweise von der Lebensangst befreit. Wer eine, wie die Griechen sagten, Hybris darin sieht, daß er sich nicht brav bürgerlich nach der Decke streckte, mag sein sogenanntes Gerechtigkeitsgefühl damit beruhigen, daß er diese Schuld, wenn es für ihn als Künstler eine war, in seinen letzten Jahren mehr als abgebüßt hat. Ich wünsche diesem weisen und gestrengen Richter solche Leiden nicht.

Die beste Rechtfertigung für einen Dichter aber ist, was er uns gab. Wäre Max Dauthendey als Mensch nicht der gewesen, der er war, dann hätte sein Werk nicht werden können, was es ist: Ein aus jungfräulicher Erde aufgeschossener Baum mit breiter, blütenschwerer Krone, in deren Schatten Geschlechter um Geschlechter gleich uns Labung suchen werden, solang es deutsche Menschen gibt.

Junger Verleger, der nicht alt geworden ist

Wenn mir beim Zurückdenken an Albert Langen seine Jugend als das für ihn besonders Kennzeichnende erscheint, so liegt das weniger an den Jahren, die er zählte, als er sein eigentliches Lebenswerk begann, als an der beinah knabenhaften und im besten Sinn naiven Frische seines Wesens, die jedem, der da sehen konnte, in die Augen sprang. Als Beispiel dafür mag ein heiteres Histörchen dienen, das ich mit ihm erlebte, als ich erst kurze Zeit in seiner Firma war. In irgendeiner Sache gingen unsre Meinungen weit auseinander. Er suchte mich zu überzeugen, ich widersprach ihm hartnäckig. Als ihm kein weiteres Argument mehr einfiel, rief er ärgerlich: «Da sieht man wieder einmal, daß Sie erst vierundzwanzig sind!» – «Und wie alt sind Sie denn, wenn ich fragen darf?» gab ich zurück. «Ich? Sechsundzwanzig!» erwiderte er würdevoll und brachte es trotz meinem Feixen fertig, ernst zu bleiben, jeder Zoll der Chef, bis – er dann schließlich selber lachen mußte und daraufhin den zwischen uns gewohnten Ton der Kameradschaftlichkeit von neuem anschlug.

In meinem Erinnerungsbuch «ich – kleingeschrieben» steht manches über ihn, und Leute, die ihn kannten, haben mir bestätigt, daß mir damit ein wohlgetroffnes und lebendiges Bild von ihm gelungen sei. Das dort Gesagte wiederhole ich hier natürlich nicht, doch gibt es noch so manches von ihm zu berichten, was für ihn und das durch ihn Geschaffne kennzeichnend ist.

Dazu gehört vor allem die erstaunliche Geschichte, wie er zu der Begründung seines Verlages kam. Albert Langen hatte eigentlich nichts weniger im Sinn, als er, eben mündig geworden, seinen Vater verlor und nun ein ansehnliches Erbteil zur eignen Verfügung in die Hand bekam. Er hängte den Kaufmannsberuf, für den er bis dahin bestimmt gewesen war, im Innersten erleichtert an den Nagel und beschloß, sein Leben fernerhin der Kunst zu widmen. Ein junger Schwärmer, der so denkt, wird es sich wohl zunächst kaum je zum Ziele setzen, ein Förderer andrer Talente und ein Vermittler ihrer Schöpfungen zu sein – nein, er will selber große Werke schaffen. Und Albert Langen traute es sich zu, daß ihm dies in der Malerei gelingen könne.

Sich für diesen Beruf zu schulen, ging er nach Paris, der Stadt, von der aus grade damals die Kunst der großen Impressionisten Frankreichs ihren Siegeslauf begann. Was Albert Langen auf dem Gebiet geleistet hat, darüber bin ich nur durch eine Ölskizze von ihm unterrichtet, eine Waldlandschaft, deren herbstlich bunte Bäume sich in einem nicht eben überzeugend gemalten stillen Wasser spiegelten. Sie hat in einem Nebenraume des Verlags noch lange Jahre an der Wand gehängt und mir so wenig wie ihrem Schöpfer selbst gefallen. Und auch daß dieser später niemals mehr an Malen oder Zeichnen dachte, läßt den Schluß zu, daß seine Gaben ganz wo anders lagen.

Als Maler haben auch seine französischen Freunde »le petit Langène«, wie sie ihn nannten, niemals überschätzt; was sie hingegen überschätzten, waren seine Mittel. Und darin gab er selber ihnen offenbar nichts nach. Hielten sie ihn für einen vielfachen Millionär, so kam das sicherlich auch daher, daß er im Geldausgeben ein viel lockreres Handgelenk besaß, als es vielfache Millionäre aufzuweisen pflegen. Im näheren Umkreis eines jungen Menschen von dieser Art sammeln sich gern Leute an, die ihn zu plündern trachten. Der das am gründlichsten besorgte und Langen so ziemlich um sein ganzes Vatererbe brachte, war ein in mancher Hinsicht sehr begabter, auch kaum viel älterer Däne, Willy Grétor, Maler und «getarnter» Händler mit Gemälden alter Meister, die er nach der Behauptung guter Kenner im Bedarfsfall eigenhändig anfertigte. Dieser Mann soll später stets behauptet haben, er hätte alle seine Schulden bei Albert Langen dadurch mit Zins und Zinseszins zurückgezahlt, daß er ihm riet, einen deutschen «Gil blas illustré», also den «Simplicissimus», zu gründen. Ob dies Tatsache ist, kann ich so wenig feststellen, wie die Frage klären, wer Langen auf den Titel«Simplicissimus» für seine Zeitschrift brachte. Ich habe zwei damals berühmte Männer gekannt, die dies Verdienst für sich beanspruchten. Langen selbst vertrat die Meinung, Willy Grétor habe ihm allerdings viel Geld gekostet, das aber reichlich dadurch wettgemacht, daß er ihm seine Malerträume endgültig ausredete. Es war wohl überhaupt nicht Albert Langens Art, verlornem Gelde nachzutrauern.

Tatsache aber ist es, daß der junge Kölner dem Dänen Grétor etwas andres zu verdanken hatte, was für sein Leben ausschlaggebend wurde: die Bekanntschaft mit vielen damals in Paris weilenden bedeutenden Skandinaven, darunter auch dem jungen Norweger Knut Hamsun. Diesen hatte sein Erstlingsroman «Hunger» im Norden mit einem Schlag berühmt gemacht; und beim Berliner Verlag S. Fischer war dies Werk in einer deutschen Ausgabe erschienen, die zwar das verdiente Aufsehen erregt, sich aber ziemlich langsam abgesetzt hatte. Deshalb weigerte sich Fischer, den seine sonst vielfach gerühmte «Nase» diesmal gründlich täuschte, Hamsuns zweiten Roman «Mysterien» deutsch herauszubringen – ihm sei das Risiko zu groß. Sein Leid darüber klagte Hamsun Albert Langen, der sowohl den «Hunger» als auch die schon fertige deutsche Übersetzung der «Mysterien» kannte und begeistert davon war. «Nein, die ›Mysterien‹ *müssen* deutsch erscheinen», rief er in seiner impulsiven Art. «Fragen Sie Fischer, was für einen Kostenzuschuß er verlangt! Das Risiko nehm ich ihm ab.» Hamsun war hocherfreut, und da er zwar ein großer Dichter, doch keineswegs ein großer Diplomat war, schrieb er an Fischer, er habe zufällig in Paris einen Millionär aus Deutschland kennengelernt, der alles zahle; er bitte also um postwendende Angabe des zuzuschießenden Betrags. Die Antwort blieb nicht lange aus und nannte eine Summe, die selbst den in Verlagsdingen noch völlig ahnungslosen Albert Langen so beträchtlich dünkte, daß er die Kosten einer deutschen Erstauflage der «Mysterien» durch einen ihm befreundeten bei einem Pariser Verleger angestellten Dänen nachkalkulieren ließ. Dieser Fachmann rechnete dabei einen Betrag heraus, der weniger als die Hälfte des von Fischer verlangten ausmachte. Dies aber war – und das kennzeichnet Langens Wesen wundervoll – der Anlaß, der ihn zum Verleger werden ließ. Er faßte kurz und bündig den Entschluß, Hamsuns «Mysterien» selber deutsch herauszubringen.

Gesagt, getan! Am 1. Dezember 1893 (wie deutlich spricht aus diesem Datum schon das Fehlen jeder praktischen Erfahrung) ging an den deutschen Buchhandel ein Zirkular hinaus, in dem Albert Langen, Paris, 112 Boulevard Malesherbes, verkündete, daß er einen «Buch- und Kunstverlag» gegründet habe, und daß «reiche literarische Erfahrungen, sowie gute Verbindungen mit hervorragenden Schriftstellern» ihn in den Stand setzten, dem deutschen Buchhandel baldigst Mitteilungen über demnächst bei ihm erscheinende «interessante Novitäten» zugehen zu lassen, und daß «mit dem heutigen Tage» als erster «Verlagsartikel» der Roman «Mysterien» von Knut Hamsun erscheine, der «elegant broschiert M 5.-» kosten solle. Der Verlag würde sein Augenmerk hauptsächlich darauf richten, «talentvolle Skandinavier sowie Franzosen» dem deutschen Publikum zugänglich zu machen. In einem zehn Monate später, am 1. Oktober 1894, ausgesandten andern Rundschreiben weiß er dem deutschen Buchhandel schon wörtlich dies zu sagen: «Es wird Ihnen bekannt sein, wie sehr meine Bestrebungen von Erfolg gekrönt waren, in Deutschland einer neuen, in künstlerischer Hinsicht hochstrebenden, Literatur die Wege zu bahnen, und Sie werden aus nachstehender Aufstellung meiner Neuigkeiten für die kommende Saison ersehen, daß sich die besten Namen zu einer Elite modernen Geistes in meinem Verlag vereint haben.»

Man sieht hieraus, daß sich der bei Begründung seiner Firma erst dreiundzwanzigjährige Anfänger trotz allem Dilettantismus schon einigermaßen auf das Trommeln verstand, das für das Handwerk des Verlegers leider unentbehrlich ist. Aber es sollte nicht beim Trommeln bleiben, und die Leistung folgte der Ankündigung bald nach. Nicht nur aus den skandinavischen Sprachen und dem Französischen übersetzte, sondern auch deutsche Werke kamen nun in schneller Folge in dem jungen Verlag heraus und erregten Aufsehen nicht nur durch ihren Inhalt, sondern auch durch das künstlerisch schöne und farbenfreudige Gewand, das Langen wohl als erster deutscher Verleger den meisten seiner Bücher gab. Diese «illustrierten Umschläge» haben viel dazu beigetragen, die Aufmerksamkeit auf das junge Unternehmen hinzulenken, und, wenn es sich hier auch nur um eine Äußerlichkeit handelte, gezeigt, daß Langen einen angebornen Instinkt für das Verlegerische besaß. Den hat er gleicherweise in der Auswahl seiner Autoren und seiner Mitarbeiter bewiesen, sowie dadurch, wie schnell ihm, obgleich er an Paris sehr hing, die Einsicht kam, daß sich ein deutscher Verlag den Sitz in Deutschland suchen müsse. Schon 1894 siedelte seine Firma für kurze Zeit nach Leipzig und dann 1895 nach München über. Die Wahl grade dieser Stadt hing damit zusammen, daß er den «Simplicissimus» begründen wollte und die deutschen Zeichner für diese Zeitschrift nur am Isarstrand zu finden hoffen durfte.

An die Gründung seines Verlages wie auch des «Simplicissimus» ist Langen mit der erstaunlichen Tatkraft, Unternehmungslust und Kühnheit gegangen, die ihn überhaupt auszeichneten. Schon als sein Buchverlag ins Leben trat, war sein väterliches Vermögen bis auf einen knappen Rest verbraucht, und als der «Simplicissimus» herauskam, besaß er überhaupt nichts mehr davon. Daß der Prophet in seiner Heimat wenig gilt, ist eine Binsenwahrheit, und Albert Langen hat dies ebenfalls erfahren müssen. Im allgemeinen war seine Kölner Verwandtschaft über die Gründung seines Verlages nach allem, was er mir davon erzählt hat, keineswegs entzückt, und als dann gar der «Simplicissimus» erschien, sogar empört. Gar mancher von den Leuten erwiderte seinen Gruß nicht mehr. Eine erfreuliche Ausnahme aber bildeten Langens Geschwister, die, obgleich er ihnen manchmal Sorgen machte, stets sehr viel von ihm hielten, und deren pekuniäre Hilfe ihm die Fortführung des Verlags und die Gründung des «Simplicissimus» überhaupt wohl erst ermöglichte.

Die erste Nummer des «Simplicissimus», die Anfang April 1896 herauskam, ließ Albert Langen in einer Auflage von viermalhunderttausend Exemplaren drucken, was seiner Hoffnungsfreudigkeit ein besseres Zeugnis ausstellte als seiner geschäftlichen Voraussicht zu jener Zeit. Er hat diese erste Nummer, die großes Aufsehen machte, aber im Verhältnis dazu wenig gekauft wurde, nicht einmal geschenkweise – was er zu Propagandazwecken gern getan hätte – loswerden können. Der größte Teil der Auflage ist späterhin als Altpapier verkauft worden, und ich habe noch Jahre darnach eine deutsche Zeitschrift jede Woche in Streifbändern bekommen, die aus Exemplaren der Nummer eins des ersten Jahrgangs des «Simplicissimus» zurechtgeschnitten waren.

Ich machte die Bekanntschaft Albert Langens durch einen Zufall und wurde zunächst Volontär bei ihm, als der «Simplicissimus» seit einem halben Jahr erschien; und damals war es mit dem Absatz der Zeitschrift, obgleich sie in der Welt genug Spektakel von sich machte, trübselig bestellt. Das Blatt deswegen eingehen zu lassen, brachte Langen aber doch nicht übers Herz, sondern führte die Zeitschrift unter schweren Verlusten und mit Hilfe seiner Geschwister fort, bis endlich eine große Wendung eintrat, die allerdings für Albert Langen selbst aus Jahre hinaus viel Schweres nach sich zog.

Da ich die näheren Umstände dieses Falles schon in meinem bereits erwähnten Buch «ich –
kleingeschrieben» eingehend geschildert habe, will ich hier nur kurz sagen, daß im Herbst 1898
die beiden sogenannten Palästinanummern des «Simplicissimus» von der Leipziger
Staatsanwaltschaft beschlagnahmt wurden, daß diese gegen Albert Langen als den
verantwortlichen Redakteur des Blattes Anklage wegen Majestätsbeleidigung erhob, daß
Langen sich aus guten Gründen dem Gericht nicht stellen wollte, sich also der ihm drohenden
Gefängnisstrafe durch schleunige Flucht aus dem Gebiet des deutschen Reichs entzog und die
Verantwortung für den Verlag und für sein Blatt auf meine jungen Schultern lud.

Fünf Jahre mußte Langen nun fern von seinem Werk zum größten Teil in Frankreich, teilweise
auch in Norwegen zubringen. In dieser Zeit hat er auf die Gestaltung der einzelnen Nummern
des «Simplicissimus» und deren doch zum großen Teil durch die Ereignisse des Tages bedingten
Inhalt wenig Einfluß nehmen können. Die Folge davon war, daß er sich mit noch größerem Eifer
als zuvor dem Buchverlage widmete, den er vom Ausland her natürlich in ganz anderm Maß
beeinflussen konnte als das aktuell satirische Blatt. Der Umstand, daß im Jahre 1901 Ludwig
Thoma, eine der größten Entdeckungen Albert Langens unter den deutschen Dichtern, für die
Leitung des «Simplicissimus» gewonnen werden konnte (das Nähere darüber ist in dem Thoma-
Aufsatz dieses Bändchens erzählt), schuf mir die Möglichkeit, mich nach Niederlegung der
Hauptschriftleitung des Blattes mit ganzer Kraft dem wachsenden und immer mehr
aufblühenden Buchverlag zu widmen. Es standen jetzt für dessen Ausbau auch mehr Mittel zur
Verfügung als bisher, wo das vorhandne Geld hauptsächlich der Fortführung der Zeitschrift hatte
dienen müssen. Nun aber war die Auflage des «Simplicissimus» infolge des Lärms, den Langens
Flucht und die Prozesse gegen seine Mitarbeiter verursacht hatten, binnen weniger Wochen von
fünfzehntausend auf fünfundachtzigtausend Exemplare gestiegen und ist sich in der Folge bis
zum Weltkrieg gleichgeblieben. Bei einzelnen Sondernummern erreichte sie sogar
zweihunderttausend Exemplare, immerhin also die Hälfte dessen, was sich Langen zu Anfang
hoffnungsfreudig vorgegaukelt hatte. Da außerdem der Preis der Nummer in mehreren, sich
schnell folgenden Etappen von zehn bis auf dreißig Pfennige erhöht worden war, hatte sich das
Unternehmen, das von einem Onkel Albert Langens einmal als «Jauchengrube» bezeichnet
worden war, in die sein gutes Geld zu schmeißen eine Sünde wäre, zu so etwas wie einer
Goldgrube entwickelt. Und dies kam nun dem Buchverlag zugute, der das («natürlich» würde
hier der Kenner literarisch anspruchsvoll geführter Verlage einfügen) auch sehr gut brauchen
konnte.

Es war nicht Albert Langens Art, dem Wachsen seiner Firma aus der Ferne in geduldiger
Fassung zuzusehen. Er hat in den Jahren seiner notgedrungnen Abwesenheit von Deutschland
ohne Unterlaß daran gearbeitet, seine Heimkehr zu ermöglichen, und sie endlich auch erreicht.
Da das Verfahren gegen ihn in Leipzig, dem Druckorte der Palästinanummern, schwebte, mußte
der Hebel dafür im Königreiche Sachsen angesetzt werden. Und merkwürdigerweise war es der
Führer der konservativen Partei in diesem Lande, der Langen die Wege ebnete, und zwar auf die
Verwendung von dessen Schwiegervater Björnstjerne Björnson hin, mit dem dieser Herr
Mehnert zwar politisch kaum jemals der gleichen Meinung, aber doch eng befreundet war. So
wurde der bis dahin steckbrieflich Verfolgte, nachdem er dem sächsischen Staat, ich weiß nicht
mehr, für welche Zwecke, dreißigtausend Mark gestiftet hatte, im Jahre 1903 von dem ein Jahr
vorher auf den Thron gekommnen König Georg begnadigt und konnte nach Deutschland
zurückkehren.

Wir im Verlage hatten wohl gewußt, daß da etwas im Gange war, aber von Langen (wohl absichtlich, damit die Überraschung größer würde) nichts Näheres über den Verlauf der Dinge gehört. Ich sehe es noch deutlich vor mir, wie er eines Tages völlig unerwartet mit seinem schnellen Schritt zu uns ins Zimmer trat, mir und meinem Freunde Geheeb die Hand gab und so tat, als ob er überhaupt nicht fortgewesen wäre. Es hatte sich an ihm in den fünf Jahren kaum etwas geändert außer seinem Bart. Den trug er nun nach französischem Geschmack viereckig zugestutzt – übrigens auch nicht lange mehr. Denn bald darauf erschien der Augenblick, da alle Welt den bis dahin als schönste Manneszierde angesehenen Vollbart verächtlich «Fußsack im Gesicht» zu nennen sich verpflichtet fühlte. Von da an hat man Langen nur noch glattrasiert gesehen. Denn er war – das zeigte seine sehr gepflegte Erscheinung jedem, der den Blick dafür besaß – dem Modischen hingebend zugetan. Darum gehörte er auch zu den ersten, die in München Automobilbesitzer wurden. Er frönte dem Kraftwagensport mit der Lebhaftigkeit, mit der er sich überhaupt auf neue Dinge stürzte, und das wurde späterhin auch in gewissem Maß der Anlaß seines frühen Todes.

Wieder daheim in München, warf sich Langen mit der alten, während der Verbannungsjahre angestauten Tatkraft und Unternehmungslust in seine Arbeit und widmete sie immer mehr dem Ausbau seines Buchverlags und einer von ihm gegründeten Monatsschrift «März», seitdem er 1906 in bezug auf den «Simplicissimus» eine schwere Enttäuschung hatte erleben müssen, die ihm die reine Freude an diesem seinem einstigen Sorgenkind empfindlich trübte. Die Hauptmitarbeiter des «Simplicissimus», unter denen es ein paar sehr auf das liebe Geld versessene Leute gab, überschätzten, wie einstmals die Pariser Freunde das Vermögen Langens, so jetzt die Summen, die er an dem Blatt verdiente, und fanden sich, daran gemessen, viel zu schlecht gestellt. Zum Teil trug freilich Langen selbst die Schuld an dieser irrigen Meinung, weil er im Geldausgeben immer noch das lockre Handgelenk von ehedem besaß, sich stets zum mindesten zwei Automobile auf einmal hielt, sich eine hübsche Villa am Englischen Garten kaufte, sie ohne Rücksicht auf die Kosten großzügig umbauen ließ und sich, wie in seiner Kleidung, so überhaupt, gar manchen Luxus leistete, der andrer Leute Neid zu wecken wohl geeignet war. Daß er sich dabei keineswegs nach seiner Decke streckte und daß er, statt sich etwa ein Vermögen aus die Bank zu legen, auch jetzt zuzeiten auf Darlehen seiner Geschwister angewiesen blieb, davon erfuhren Außenstehende natürlich nichts. So hielten die Leute vom «Simplicissimus» die Einnahmen des Mannes, der sich das alles «leisten konnte», für phantastisch groß.

Bestärkt in ihrem Irrtum wurden sie von einem Herrn, der sich zwar als Verleger für einen Fachmann hielt, aber in diesem Berufe noch ein blutiger Neuling war und keine Ahnung von kaufmännischem und buchhändlerischem Rechnen hatte. Jedenfalls brachte er es fertig, zu «vergessen», daß ein Verleger dem Zwischenhandel auf seine Erzeugnisse Rabatt zu geben hat, und ging bei seiner Berechnung von der Annahme aus, es flösse Langen der volle Ladenpreis jeder verkauften Nummer zu. Somit kam die Kalkulation dieses «sachkundigen Beraters» auf einen Reingewinn heraus, der die Gemüter seiner Auftraggeber stark ins Kochen brachte.

Sie schlossen daraufhin eine Art Eidgenossenschaft und forderten von Langen, er solle sie zu am Gewinn beteiligten Mitbesitzern seiner Zeitschrift machen, widrigenfalls sie alle auf einmal den «Simplicissimus» verlassen und ihre Kräfte einem Konkurrenzblatt widmen würden, das sie in einem andern Verlag begründen wollten. Dies Ultimatum nun traf Langen in einer Stimmung an, die es bewirkte, daß er sich davon übermäßig beunruhigen ließ. Hätte er damals mit der ihm doch sonst eignen Kühnheit Widerstand geleistet, dann wäre der «Simplicissimus» – der

Überzeugung bin ich heute noch – ein halbes Jahr lang wohl auch ohne die aufsässigen Mitarbeiter durchzuhalten gewesen, und bis dahin hätte das Konkurrenzblatt sein Erscheinen fraglos wieder eingestellt und wären die Künstler reumütig einer nach dem andern an ihren alten Platz zurückgekehrt. Mag aber sein, daß Langen die Dinge klarer sah als ich und sein Nachgeben praktisch unvermeidlich war. Kurzum, er fügte sich in allem Wesentlichen, konnte aber bei Begründung der neuen Simplicissimus-Verlag G.m.b.H. die Abmachungen so gestalten, daß er im Geldpunkt nicht so schlecht fuhr, wie es anfänglich ausgesehen hatte, während die Mitarbeiter weniger glänzend abschnitten, als sie es sich auf Grund der Vorausberechnung ihres merkwürdigen «Sachverständigen» eingebildet hatten. Immerhin verdoppelten sich ihre Einkünfte durch die Gewinnbeteiligung zum mindesten, was ihnen ganz gewiß zu gönnen war und auch von mir nur als gerecht empfunden wurde. Bedenklich schien mir aber, daß von Stund an die Künstler auch in die Leitung, sogar die geschäftliche, des Blattes mit hineinzureden hatten. Das Wort Homers, daß Vielherrschaft nichts Gutes sei und einer herrschen müsse, und die Erkenntnis unserer Zeit, daß Parlamentarismus, der sich auf Stimmenmehrheit stützt, nichts wahrhaft Schöpferisches leisten kann, trifft auf die Führung eines künstlerischen Unternehmens in besonderm Maße zu. Hier ist verständige Diktatur das einzig Fruchtbare. Und dafür war Albert Langen unbedingt der richtige Mann, zumal da ihm der Hang zu bockiger Tyrannei ganz ferne lag und er auch Widerspruch vertrug und sich von ihm gegebnenfalles überzeugen ließ. Er war stets gern bereit, von Leuten zu lernen, denen er im Einzelfall mehr Sachkenntnis zutrauen durfte als sich selbst, und hatte nichts von jenem Eigensinn, der nah an Dummheit grenzt. Er hat den Wert der von ihm glücklich ausgewählten Künstler des «Simplicissimus» nie unterschätzt und hat sich ihrem Rat, soweit er ihm Hand und Fuß zu haben schien, in keinem Fall verschlossen. Sie aber unterschätzten ihn und seine höchst anregende Lebendigkeit, wenn sie sich auf den Standpunkt stellten, im Grunde machten sie allein das Blatt, und Langen wäre nicht viel mehr als ein Nutznießer ihrer Schöpferkraft. In Wirklichkeit hatte er ja nicht nur den «Simplicissimus» geschaffen und durch die schweren Anfangsjahre mit vorbildlicher Treue zu seinem Werke Kopf und Kragen dafür aufs Spiel gesetzt, sondern war auch bis zu jenem Künstlerultimatum selbst während seiner notgedrungnen Abwesenheit, wenn ich das Bild gebrauchen darf, die Feder gewesen, die die Uhr im Gange hielt. Daß er auf Grund der nun erlittnen Enttäuschung die rechte Lust daran verlor, das hat dem Blatte wahrlich nicht genützt.

Brachliegen ließ er seine unternehmungslustige Tatkraft deswegen nicht, doch wendete er sie andern Gebieten zu. Den Vorteil davon hatte besonders auch die Zeitschrift «März», die er begründete, um hier ein neues Feld seiner persönlichen Betätigung zu finden, und die er zu einem für eine Monatsschrift erstaunlichen Anfangserfolg zu bringen wußte, der sich dann nach seinem Tod aus Gründen, die auf einem andern Blatte stehen, allerdings nicht durchhalten ließ. Blättert man heute in den ersten Jahrgängen des «März», so geht es einem deutlich auf, was für eine durch Anregung wahrhaft schöpferische Kraft am Werk gewesen sein muß, um so etwas im besten Sinn Lebendiges zu schaffen. Das gleiche gilt von der Entwicklung seines Buchverlags in diesen Jahren, die, wie das Unglück wollte, seine letzten wurden. Denn er, von dessen Werk so viel bis auf den heutigen Tag lebendig blieb, hat als Verleger nur drei Lustren schaffen können und zählte knapp vierzig Jahre, als er starb.

Es muß wohl in den letzten Märztagen oder Anfang April 1909 gewesen sein, daß Graf Zeppelin mit seinem damals neuesten Luftschiff zum erstenmal in München auf dem Oberwiesenfelde landen wollte. Eine gewaltige Menschenmenge hatte sich dort in Erwartung des Ereignisses versammelt. Natürlich war auch der allem Neuen freudig aufgeschlossene Albert Langen mit dabei, und zwar, wie andre Automobilbesitzer auch, mit seinem Wagen. Das Wetter war an dem Tage kühl und unfreundlich und wurde bald so stürmisch, daß dem Grafen die vorgesehene Landung zu gefährlich schien. Nachdem sein Luftschiff etwa hundert Meter über dem Boden angekommen war, stieg es wieder höher und setzte seinen Weg gegen Nordosten fort. Gelandet ist es dann, soviel ich mich erinnre, irgendwo in Niederbayern. Viele der Automobile, darunter der offne Wagen Albert Langens, verfolgten es und haben es an seinem Landeplatz dann auch erreicht.

Langen erzählte uns bei seiner Rückkehr mit lebhafter Befriedigung davon. Doch wollte es das Unglück, daß er sich auf dieser Fahrt erkältet hatte und eine anfangs leichte Mittelohrentzündung daraus entstand. Er achtete nicht sehr darauf und träufelte sich warmes Mandelöl ins Ohr, was auch die Schmerzen vorerst linderte. Leider ließ er sich dadurch verführen, zu Ostern, wieder in dem offnen Wagen, einen Ausflug an den Chiemsee zu seinem Freunde Rudolf Sieck zu machen, wobei er sich von neuem stark erkältete. Infolgedessen wurde die Ohrentzündung bösartig. Der nun gerufne Arzt ordnete Bettruhe an und hat sich eine Operation wahrscheinlich zu lange in der Hoffnung überlegt, über die Krankheit ohne diesen scharfen Eingriff Herr zu werden.

Ein paar Tage später ließ mich Langen bitten, ihn zu einer geschäftlichen Besprechung zu besuchen. Als ich an sein Krankenlager trat, erfaßte mich ein heftiger Schreck – so sehr verändert sah er aus. Er hatte ganz entschieden das, was man das «hippokratische Gesicht» zu nennen pflegt. Ich weiß nicht mehr, ob ich das auf den ersten Blick deutlich empfand, oder ob mir das erst später aufgegangen ist. Er selber dachte bei meinem Besuch gewiß noch nicht an ernsthafte Gefahr. Was er mit mir besprach, ging von der Annahme aus, er würde sich vielleicht zwei Wochen oder drei um den Verlag nicht kümmern können; daß er die Möglichkeit, nun ein für allemal von seinem Werk getrennt zu sein, nur mit dem Schatten eines Gedankens gestreift hätte – dafür gab unser Gespräch nicht den geringsten Anhaltspunkt. Auch ich schob eine dunkle Ahnung, die sich in mir regen wollte, unwillig beiseite, verließ ihn aber trotzdem stark bedrückt und von heimlicher Angst erfüllt.

Erneute Hoffnung regte sich in mir, als er zwei Tage später überraschend im Verlag erschien. Er trat mit seinem mir so wohlvertrauten raschen Schritt ins Zimmer und schien mir wieder etwas besser auszusehen. Die ewige Bettliegerei sei ihm zu langweilig, erklärte er, und Krankheit schlage man am besten durch Verachtung in die Flucht. Dann fing er gleich von allerhand Geschäftlichem zu reden an. Doch es verging kaum eine Viertelstunde, da zeigte er schon wieder das erschreckend hinfällige Gesicht, man sah ihm an, daß er heftige Schmerzen litt, mit matter Stimme stieß er hervor, er habe sich doch zu viel zugemutet und fahre lieber heim. Ich brachte ihn an seinen Wagen und habe ihn, in dessen Sitz zurückgesunken, heute noch vor Augen, wie ich ihn zum letzten Male sah, als einen Schatten seiner selbst und schon den Schatten zugehörig. Seitdem war ich mir der Schwere seiner Krankheit klar bewußt und ahnte, daß er den dritten Tag kaum mehr erleben würde. Leider behielt die Ahnung recht.

Vom Ohr her war ihm Eiter in den Blutumlauf gekommen und hatte eine heftige Nierenentzündung erzeugt. Ein Wiener Spezialist, der telegraphisch herberufen wurde, zu erwägen, ob hier eine Operation noch würde helfen können, kam zu dem Schluß, dafür sei es zu spät. Ich habe nicht erfahren, ob er Langen auf dessen Drängen hin die Hoffnungslosigkeit seines Zustandes offenbart hat. Jedenfalls war der Patient sich jetzt darüber klar, daß er dicht vor dem Tode stand.

Da hat er, ohne unmännlich zu jammern, sein Haus getreu und ordentlich bestellt und damit unter schweren Schmerzen den Beweis geführt, wieviel an stiller Kraft, an tapfrer Geistesklarheit, an Gewissenhaftigkeit und Pflichtgefühl sich hinter seinem lebhaften, manchmal auch leichtlebigen Wesen barg. Er ließ sich seinen Anwalt kommen und hat fast seinen ganzen letzten Nachmittag damit verbracht, ein Testament zu machen, in dem alles sorgfältig überlegt war, was ihm um seiner unmündigen Söhne und des Verlages willen am Herzen lag. Daneben hat er darin großzügig auch die bedacht, denen im Leben seine Liebe galt, und die ihm einst geholfen hatten, soweit sie es jetzt selber brauchen konnten. In dieser Hinsicht hat er den Fortführern seines Werkes nicht ganz leichte Pflichten auferlegt, weil er sich noch so kurz vor seinem Ende darin treublieb, was ihn durch seine ganze Lebenszeit begleitet hat: er schätzte sein Vermögen gar zu optimistisch ein und setzte in seinen Legaten größere Summen aus, als er in Wirklichkeit besaß.

Seine letztwilligen Bestimmungen wegen des Verlags indessen waren von der sachlich klarsten Einsicht in die Verhältnisse diktiert und fanden auch für die Lösung nicht ganz einfacher Probleme, die sich ihm da vor Augen stellten, einen klugen und geraden Weg. Seine Ehe mit Björnstjerne Björnsons jüngster Tochter hatte aus Gründen, die hier zu erörtern mir nicht ansteht, schon einige Jahre vorher zu einer Trennung geführt; die Scheidung war im Gang, vollzogen aber hat sie erst der Tod. Die beiden jungen Söhne des Paares lebten damals in Paris bei ihrer Mutter, die um des Scheiterns ihrer deutschen Ehe willen allem Deutschen mit wenig freundlichen Gefühlen gegenüberstand. Langen aber, der bei der Gründung des Verlages diesem eine stark internationale Prägung hatte geben wollen, war inzwischen immer mehr zu der Erkenntnis durchgedrungen, daß ein deutscher Verlag vor allem deutsche Dichter fördern und seine Wurzeln in die Tiefe deutschen Wesens senken müsse. Deshalb versprach er sich von dem Einfluß seiner norwegischen, in Frankreich eingelebten Frau auf die Leitung der Firma nichts Ersprießliches. Auch seine Söhne sollten sie erst übernehmen, wenn sie die nötige Reife hätten, zu wissen, was sie selber wollten. Er setzte sie also zu Erben des Verlages ein, bestimmte aber, daß sie dessen Führung erst in die Hand bekommen dürften, wenn der Jüngere von ihnen vierundzwanzig wäre. Damit sie dann auch die richtigen Voraussetzungen dafür erfüllten, ordnete er ferner an, daß sie in Deutschland deutsch erzogen werden müßten. Zur Weiterführung des Verlages bis dahin wurde ein vierköpfiges Kuratorium aus langjährigen Mitarbeitern Albert Langens bestimmt. Die Erledigung des rein Geschäftlichen fiel darin je einem kaufmännischen und buchhändlerischen Prokuristen der Firma zu, während die Wahrung der literarischen und künstlerischen Überlieferung des Verlages und dessen Weiter- und Höherführung im Sinne seines Gründers meinem Freund Reinhold Geheeb und mir übertragen wurden.

Um acht Uhr früh am 30. April 1909 erfuhren wir, daß Langen in den ersten Morgenstunden dieses Tages sanft entschlafen war. Obwohl wir diese Nachricht bangenden Herzens hatten kommen sehen, standen wir wie vor den Kopf geschlagen da. Jetzt erst überfiel uns die bis dahin von uns geflissentlich mit keinem Gedanken angerührte Frage, wie es nun mit der Firma weitergehen solle. Daß darüber Tags zuvor genaue Verfügungen getroffen waren, wußten wir ja noch nicht. Aber aus diesen Zweifeln wurden wir sehr bald befreit. Der Anwalt Langens rief mich an und unterrichtete mich von dem Inhalt des Testaments, soweit er den Verlag betraf. Denn Langen hatte ihn beauftragt, dies im Falle seines Todes ungesäumt zu tun: er wolle, daß wir die Arbeit ruhigen Herzens, ohne Sorge wegen einer Einmischung von außen her und ohne jede Pause weiterführen konnten. Nicht einmal seiner Beisetzung in der Familiengruft zu Köln sollten wir beiwohnen, da in diesen ersten Tagen unsere Anwesenheit im Geschäft bestimmt dringend vonnöten sei.

Mir kamen bei dieser nicht nur durch die liebende Sorge um den Verlag, sondern auch durch zarte Rücksicht gegen die Weiterführer seines Werkes diktierten letzten Botschaft Langens die bis dahin mannhaft unterdrückten Tränen, und ich gelobte mir, die Aufgabe, die er mir und meinen drei Kollegen hinterlassen hatte, bis in das Kleinste treu nach seinen Wünschen und meinen besten Kräften zu erfüllen. Der erste Verlagsvertrag mit einem neuen Autor ist noch am Todestage Langens unterschrieben worden.

Damit, was ich aus meiner persönlichen Erinnerung an Albert Langen hier berichten konnte, bin ich am Schluß. Nun noch zusammenfassend so etwas wie ein psychologisches Porträt von ihm und seiner Wesensart zu geben, darf ich mir sparen. Wer es versteht, zu lesen, wird ohnehin nach dem, was an kleinen menschlichen Zügen in meine Schilderung seines Lebensganges mit eingeflossen ist, ein Bild seiner Persönlichkeit gewonnen haben. Und seine Bedeutung als Verleger rühmt sein Werk, das nicht mit ihm gestorben ist und nicht vergessen werden kann.

Zu sagen bleibt mir noch, warum es uns unmöglich wurde, die Firma, die wir für die Söhne Albert Langens verwalteten und weiterführten, diesen zum vorgesehenen Zeitpunkte zu übergeben. Ihre Mutter, die in zweiter Ehe einen Franzosen heiratete, befolgte Langens Anordnung, daß sie in Deutschland deutsch erzogen werden sollten, nicht, sondern behielt sie in Paris, schickte sie 1914 beim Kriegsausbruch zu ihrer Großmutter Björnson nach Norwegen und hat es dann im Krieg durch ihre Beziehungen erreicht, daß sie, statt ihrer Dienstpflicht im deutschen Heere nachzukommen, norwegische Staatsangehörige wurden. Daraufhin beschloß die Vormundschaft in der Befürchtung, daß bei einem (zu der Zeit noch erhofften) für Deutschland günstigen Kriegsausgang die Firma vom Reich beschlagnahmt werden könnte, den Verkauf des Unternehmens für Rechnung der Erben und bot es dem Kuratorium an.

Um Albert Langens Lebenswerk nicht in ganz fremde und vielleicht lieblose Hände fallen zu lassen, griffen wir vier Prokuristen zu, erwarben den Verlag und – luden uns damit sehr schwere Sorgen auf. Denn die geringen Mittel, die uns zur Verfügung standen, entsprachen schon von Anfang an nicht den Verpflichtungen, die wir mit den Inhaberrechten übernehmen mußten. Die Niederlage Deutschlands im großen Krieg, die Inflation, die Jahre der Systemzeit und der Arbeitslosigkeit erschwerten unsere Lage noch. Albert Langens Bruder Martin und seine Schwester Martha Lilie sind uns auch damals noch in manchen Nöten beigesprungen, trotzdem aber waren wir oft daran, die Flinte verzagt ins Korn zu werfen, und hätten es vielleicht getan, wenn Albert Langens Mut in so gespannten Lagen uns nicht als Beispiel vorgeleuchtet hätte. Davon im einzelnen zu sprechen, ist hier nicht der Ort. Also kurzum: Wenn wir uns als Besitzer des Verlages auch nicht halten konnten – daß er am Leben blieb und literarisch eher stieg, als absank, haben wir geschafft. Und heute steht er, seit 1932 mit dem um zehn Jahre jüngeren Georg Müller Verlag verschmolzen, unter den deutschen Dichterverlagen führend und nach menschlichem Ermessen gesichert da.

Wenn er sich auch in vielem anders entwickeln mußte und entwickelt hat, als Albert Langen sichs vielleicht in seinen letzten Stunden dachte – ich glaube doch, er selber hätte ihn bei einem längeren Leben aus der gleichen geistigen Linie fortgeführt, der wir gefolgt sind. Denn er war ein viel zu lebendiger und aufgeschlossener Mensch, als daß er nicht die Wandlungen der Zeit aus vollem Herzen hätte miterleben müssen. Auf jeden Fall ist er es, der das Fundament zu dem stattlichen Bau gelegt hat, der sich uns heute darstellt. Wenn ich nur drei der von ihm für den Verlag gewonnenen Dichter nenne, die immer noch mit ihrem ganzen Werk zu dessen Zierden zählen: Knut Hamsun, Ludwig Thoma und Selma Lagerlöf, ist damit wohl genug gesagt. So steht der Name Albert Langen zu Recht in der neuen Firmenbezeichnung des Verlages an der Spitze. Und auch das bedeutet wohl ein Stück Unsterblichkeit.